稲荷書店きつね堂

神田の面影巡り

蒼月海里

ハルキ文庫

角川春樹事務所

INARISHOTEN KITSUNEDO
KAIRI AOTSUKI

目次

CHARACTERS

ヨモギ

稲荷神の力を借りて
「きつね堂」を手伝う
白狐像の化身。

カシワ

ヨモギの兄。白狐像。

犬養《いぬかい》 千牧《ちまき》

「きつね堂」で働いている
イケメンの犬神。

イラスト／六七質

三谷 太一《みたに たいち》
新刊書店で働く
アルバイト書店員。
田貫 菖蒲《たぬき しょうぶ》
ご利益をビジネスとする
サラリーマン。狸の化身。
火車《かしゃ》
罪悪感や火種に引き寄
せられるアヤカシ。
黒猫の化身。

第一話　ヨモギ、神田のアヤカシを調べる

神田《かんだ》の街に、夜が訪れる。

瓦屋根《かわら》も鉄筋コンクリートのビルも、等しく夜の帳《とばり》に包まれた。ビジネスマンと思《おぼ》しき男性が、足早に最寄りの地下鉄の駅へと向かい、ヨモギは閉店の準備をしながら、それを見送る。

「今日もまあまあってとこかな」

千牧《ちまき》は、少し崩れてしまった平積みの本を整えながら言った。

以前に比べて、それなりにお客さんが入ってくるようになったので、本を手に取る人も多く、棚の整理も頻繁にしなくてはいけなかった。その忙しさも、ヨモギ達にとっては有り難いことだった。

「うん。前に比べて、だいぶお客さんがついた感じ。常連さんも増えたよね」

店先の掃き掃除を終えたヨモギは、嬉《うれ》しそうに微笑《ほほえ》んだ。

「これ、爺《じい》さんの店を盛り上げるのに成功したんじゃないか?」

千牧は、尻尾《しっぽ》をはみ出させんばかりに喜ぶ。だが、ヨモギは困ったように笑った。

「残念ながら、まだまだ全盛期には及ばないかな……。昔は、ひっきりなしにお店にお客さんが来ていたらしいよ。今は暇な時間も多いしね。今のところ、回復の兆しが見えるってところだと思う」

「そういうもんなのか。商売については、からっきしだからな、俺《おれ》」

「でも、千牧君は別のところで活躍してくれてるから。接客も上手《うま》いし」

「本当か？」

千牧は、パッと表情を輝かせる。あまりにも嬉しかったのか、モフモフした犬の尻尾がポンと出た。

「わわっ、千牧君。尻尾が出てるから！」

「おっと、いけね」

ヨモギは通行人の目から尻尾を隠し、千牧はぐいぐいとズボンの中に尻尾をねじ込んだ。はみ出すんじゃないかとハラハラしていたヨモギだったが、どうやら、その心配は無用だったらしい。

「入った！」

「よく入ったね⁉」

「解けた変化の術を掛け直したんだよ」

「ああ、そういう……」

ヨモギは、一先《ひとま》ず安堵《あんど》する。幸い、通行人の目には入らなかったようだ。

「そう言えばさ」

胸を撫《な》で下ろすヨモギに、千牧は声を掛ける。

「ミニコミ誌、切れちゃったんだけど」

「あっ、本当だ！」

近所に勤めている兎内楓《とうちかえで》さんが持って来てくれるミニコミ誌が、すっかり売り場からなくなっていた。

「兎内さんが来た時に、言っておかないと……」

「あれ、人気だよな。いっぱい追加しても、いつの間にか無くなってるし」

地域に密着した情報が載っていて、添えられたイラストも可愛《かわい》いので、少しずつファンが増えていった。

今までにミニコミ誌で取り上げられたものは、神田の昔話や、昔から残っているお店の紹介に、お勧めのスイーツ店の紹介などで、主に、近所のオフィスで働いている人達が持って行く。

中には、ミニコミ誌が目当てで来る人もいて、その人はヨモギのお手製POPで紹介している本も購入していった。

「SNSで話題になってたんだ。兎内さんが、自分のアカウントで情報を呟《つぶや》いてくれたみたいでさ。僕も、お店のアカウントで拡散しておいたけど、凄《すご》い勢いで拡《ひろ》がっていったんだよ」

「へー、凄いな」

「うん。兎内さん、凄いよね」

「えすえぬえすっていうのを使えるヨモギも凄いよな。パソコンのやつだろ？　俺、パソコンのキーボードを打つのも大変なのに」

ヨモギは、千牧が人差し指を何とか駆使して、雨だれのようにタイピングしていたことを思い出す。キーを狙《ねら》って打つのが難しいらしく、隣のキーも一緒に打ってしまうのだとぼやいていた。

「まあ、ひとには得手不得手があるから……」

ヨモギはそう言って、話題を戻す。

「兎内さんのミニコミ誌、手作り感がいいんだって」

ヨモギは、SNSに寄せられた感想の一つを思い出した。

その気持ちは、ヨモギにも分かる。兎内さんのミニコミ誌は基本的に手書きで、字も読み易《やす》くて可愛らしい。添えられたポップなイラストと、よくマッチしていた。

「こんばんはー」

噂《うわさ》をすれば、髪を切り揃《そろ》えてこざっぱりとした女性――兎内さんが店先に顔を出す。

「あっ、こんばんは。丁度良かった」

ヨモギは、兎内さんに駆け寄り、ミニコミ誌が無くなったことを教える。すると、彼女はパッと顔を輝かせた。

「そうなんだ！　やったー、有り難う！」

「お礼を言うのはこっちの方ですよ。お陰《かげ》様で、うちの売り上げも増えましたし」

「それじゃあ、お互いさまかな。私も、色んな人に見て貰《もら》いたかったし」

兎内さんは心底嬉しそうで、ヨモギと千牧もつられるように笑う。

「早めに、追加分を刷って来るね。明日の昼間に納品で、大丈夫？」

「いつでも大丈夫ですよ」

「まあ、早い方が良いんだろうけど……」

「バズっちゃってましたしね……」

たくさん拡散されていたことを思い出し、ヨモギは苦笑した。

「うーん。朝寄れたら寄る。それが無理だったらお昼」

「分かりました」

ヨモギは、こくんと頷《うなず》く。千牧もつられて、うんうんと頷いた。

「好評なのは何よりなんだけどさ」

兎内さんは、小さく溜息《ためいき》を吐《つ》いた。ヨモギと千牧は首を傾《かし》げる。

「次の記事、どうしようかと思って」

「神田や本をテーマにした面白そうなネタは、探せば見つかるんだろうけどさ。でも、指針が欲しいっていうか」

曰《いわ》く、兎内さんはネタに困っているのだという。色々と題材を探してみるものの、どうも、自分の中でしっくり来ないとのことだった。

「うーん。気が乗らないならやらなくていいんじゃないのか？　仕事じゃないし、ここだっていうタイミングにやった方がいいだろ」

話を聞いていた千牧は、首を傾げながらそう言った。対する兎内さんは、「むむむ」と唸《うな》る。

「あんまり、間を空けたくないんだよね。悠長にしていると、折角ついた読者が離れちゃうかもしれないし」

「そうかなぁ。お客さん、いつまでも待ってくれないのか？」

「待ってくれる人は待ってくれるかもしれないけど、みんながそういうわけじゃないのよね。待ってくれる人が多いうちに、次を出したいの」

本だってそうでしょ、と兎内さんは言った。

「シリーズの一巻目がどんなに面白くたって、二巻目がなかなか出なければ、みんな忘れてしまうでしょう？」

「えっ、それって……」

「まあ、確かに。次の巻が出るのが遅ければ遅いほど、商品の動きは鈍くなりますね。基本的には……」

答えたのは、ヨモギだった。

勿論《もちろん》、全《すべ》てのシリーズがそうとは限らないし、とても有名な作品は、どんなに時間が空いても買ってくれる人はいるけれど。

「今は娯楽が多様化されてる時代だし、SNSでは、日々、色んな人がバズってるから、こういう人気は一過性のものなんだよね」

「兎内さん……」

「だから、忘れられないためにも、早く次を書かないと」

兎内さんは、ぐっと拳《こぶし》を握る。ヨモギも千牧も、気合を入れる彼女に頷いた。

「僕に手伝えることがあったら、何でもしますから！」

「俺も、俺も！」

千牧は、大きな身体《からだ》でジャンプをしてみせる。兎内さんは、微笑ましそうにしながら、

「有り難う」と礼を言った。

「だけど、二人とも、もう充分力になってくれてるじゃない」

場所も貸してくれているし、と兎内さんは言う。

「でも、それはお爺さんの力っていうか……」

「そうそう。俺達もちゃんと力になりたいぜ！」

千牧は気合を入れるあまり、「アオーン」と遠吠《とおぼ》えをあげる。ヨモギは慌てて、「やめて！」と千牧の口を塞《ふさ》いだ。

兎内さんは、その様子をキョトンとして見ていたが、やがて、ぷっと噴き出す。

「ふふっ。面白いね、二人とも」

「は、ははは……」

ヨモギは、千牧の口を塞いだまま、愛想笑いで誤魔化す。

「それじゃあ、お言葉に甘えて、お知恵を拝借したいかな。単刀直入に尋ねるけど、何か良い題材はない？」

兎内さんの質問に、ヨモギと千牧は腕を組んで考え込む。

「はいはーい！」

真っ先に手を挙げたのは、千牧だった。

「はい、千牧君」

「お勧めのお散歩コース！」

千牧は目を輝かせる。彼の脳裏には、自分が犬の姿でのしのしと優雅に神田の街を歩いている姿が思い描かれていることだろう。

「うーん。すごく良い線行ってるんだけど、ちょっと焦点がぼんやりしてるかな。もうちょっと、具体性が欲しいんだよね」

この辺は見どころもいっぱいあるし、絞るのが大変、と兎内さんは付け加えた。

「えっと、はいっ」

「はい、ヨモギ君」

「お勧めのお花見スポット……」

「いいね！」

兎内さんの目が輝く。しかし、「でも」という言葉が続いた。

「それを取り上げるのは、お花見のシーズンかな。一先ず、ネタをストックさせて貰うね」

兎内さんは手帳の中に、サラサラと書き込む。

「うーん、お勧めのカレー屋さんとか？」と千牧は首を傾げる。

「いいんだけど、ちょっと神保町《じんぼうちょう》寄りになっちゃうんだよね。あと、この辺のカレー屋さんを紹介してる本も、いっぱいあるから……。でも、自分で食べてレポートを書くのはいいかもしれないね！」

兎内さんは、カレーネタを手帳にストックした。

カレーと一言で言っても、男性向けであったり女性向けであったりと、ターゲットを絞ることで記事の幅が広がりそうだと、兎内さんは次々にアイディアを発展させる。基本的に身体が大きな男性は、盛りがいい店を好むが、女性は盛りが良過ぎると食べ切れないという。なので、女性をターゲットとしてトッピングが多い店や、店の雰囲気が良さそうな店を重点的に取り上げてみたいと言った。

「おお……。カレーという一言でここまで……」

千牧は目を瞬《まばた》かせる。

「あとは、神田エリアにある神社とか？」

ヨモギの案に、「それそれ」と兎内さんは食いついた。

「歴史があるものって、好きな人は多いからね。歴史をテーマにしたミニコミ誌は、いつもよりも反応がいいし。それもいいかも！」

「じゃあ、怪談とかもいいんじゃないか？」

千牧がそう言った瞬間、「それ！」と兎内さんは千牧に迫った。

「おおぅ！」

「この辺は昔から人が住んでたし、怪談の宝庫かもね。怪談だったら、歴史が好きな人もホラー好きな人も興味を持ってくれるから、いいと思う！」

兎内さんは、正に天啓と言わんばかりに目を輝かせ、天井を仰いでガッツポーズをする。

千牧とヨモギは勢いに圧《お》されて、ポカーンとしていた。

「あれ……、もしかして」

ヨモギはハッとして、千牧をそっと小突く。

「どうしたんだ？」

「寧《むし》ろ、僕達が怪談みたいなものなんじゃあ……」

ヨモギは、千牧にしか聞こえないくらいの声で言った。千牧は、「マジだ！」と声を張り上げる。

お爺さんのお店を助けるために動き出した白狐《びゃっこ》の石像と、迷い犬神《いぬがみ》。二つの怪談が、今ここにあるではないか。

「なあなあ、俺た――むぐっ」

嬉々《きき》として兎内さんに教えようとする千牧の口を、ヨモギが再び塞ぐ。

「だ、駄目だよ。ややこしいことになっちゃう……」

「だ、だけど、他の奴《やつ》が知らないいいネタじゃないか……！」

千牧は、何とかヨモギの手を振りほどいて、小さな声で抗議をする。兎内さんが不思議そうにふたりを見ていたが、「何でもないです！」とヨモギは力強く言った。

ヨモギは千牧に向き直り、「確かにそうだけど」と言い淀《よど》む。

「みんなに知られて、あんまり大事になっても困るし……。それに、兎内さんがミニコミ誌で欲しいのは、地域に根差した怪談だよ、きっと」

「ヨモギは地域に根差していないのか？」

「個人宅の祠《ほこら》だから、ちょっとマイナーかな……」

ヨモギの説明に、千牧は「そっか……」と残念そうに引き下がった。

「と、とにかく、兎内さんの怪談探し、僕達も手伝いますよ」

「有り難う！　先ずは、神田の怪談を知るところからだね」

「そしたら、記事に出来ますね」

ヨモギは納得したように頷く。しかし、兎内さんは、「その前に、調査に行かなきゃ」

と言った。

「えっ、調査？」

「当たり前でしょ。いつも神田に出勤してるのに、この土地で有名な怪談の舞台に行かないなんて有り得ないって。実際の場所を見てこそ、書けることもありそうだし」

「それは、確かに……」

「それじゃあ、俺達の護衛が必要だな！」

気持ちを切り替えた千牧は、任せておけと言わんばかりに親指で自身を指した。

「ぼ、僕も及ばずながら……」とヨモギも小さな手を挙げてみせる。

怪談が語られるようになるには、理由がある。

アヤカシや幽霊は、人通りが多い場所に出るわけではない。人が避けるような場所や時間帯に現れるものだ。時代が変わったとは言え、そんな場所に行くなんて危険ではないだろうか。

でも、兎内さんは止めても聞かないだろう。彼女は今、いいミニコミ誌を作ることに燃えていた。

（だったら、ミニコミ誌に専念出来るように、僕達が頑張らないと。兎内さんは、きつね堂にとっても大事な人だから）

ヨモギは、兎内さんを守るべく、千牧と顔を見合わせて頷き合ったのであった。

調べてみたところ、神田には様々な怪談が残っていた。

たとえば、鎌倉町《かまくらちょう》には『野衾《のぶすま》』というアヤカシがいて、猫を襲って血を吸《すす》っていたそうだ。また、元柳原町《もとやなぎはらちょう》には『三つ目入道』が出たという。これは、三つ目の巨大な僧で、実は狸《たぬき》が化けていたものだという。

また、福田町《ふくだちょう》には『黒坊主』が現れ、民家に忍び込んでは眠っている女性の寝息を吸ったり、口を舐《な》めたりしていたそうだ。

そんな妖怪《ようかい》変化が跋扈《ばっこ》する神田だが、兎内さんは『髪切り』について調べようとしていた。

出現場所は、神田紺屋町《こんやちょう》。

『髪切り』は、女性の長い髪を切るというアヤカシだ。

正体はカミキリムシだとか、狐《きつね》だとか、恋人がいる女性が縁談を断るために髪を切ったというのをアヤカシの所為《せい》にしたとか、様々な説が飛び交っていた。

「へー。その真相を探るって感じか」

翌日の昼に、追加分のミニコミ誌を持って来てくれた兎内さんから話を聞いたヨモギは、席を外していた千牧に事の次第を説明していた。

「っていうか、髪切りがカミキリムシだとしたら、結構大きくないか？　女の人の長い髪を切っちまうくらいなんだろ？」

「まあ、うん……」

髪の毛を数本切ってしまうとか、そういうレベルではないらしい。バッサリ切るほどのカミキリムシならば、それはそれで化け物の領域なのでは、とヨモギは思った。

「あと、狐説が気になるよな」

「僕じゃないからね⁉」

ヨモギはぷるぷると首を横に振った。「いいや、怪しいな」と千牧は、鼻をふんふん鳴らしながら鼻先をくっつける。

「大体、その時代、僕は生まれてなかったってば……！」

「ははっ、冗談、冗談」

千牧は、歯を見せて笑う。「ひとが悪いんだから」と、ヨモギは不貞腐《ふてくさ》れた。

「でも、狐の髪切りに会ったらどうするんだ？　化け比べでもするのか？」

「化けるのを生業《なりわい》にしているアヤカシの狐には勝てないかな……。お稲荷《いなり》さんの神通力があるから、商売だったら負ける気はしないんだけど」

「商売対決かー。ちょっと地味だなー」

千牧は化け比べを期待していたのか、少し残念そうだった。

「まあ、長寿の化け狐が僕の土俵で勝負をしてくれるとも思えないし、そこはお互いに干渉しない方向になるかな……」

髪切りの正体が狐じゃありませんように、とヨモギは祈る。同じカテゴリでも根本的に違う存在なので、ややこしいことになりそうだった。

因《ちな》みに、ヨモギと千牧は今、きつね堂で兎内さんを待っている。会社が終わり次第、きつね堂で合流することになっているのだ。

日は傾き、神田の街は黄昏《たそがれ》に染まりつつあった。帰路につく学生やビジネスマンも店の前を通り過ぎて行くのを見て、もうそろそろ来るかな、とヨモギは思った。

「髪切りは色んな説があるし、女の人は興味を持ってくれるかも、って兎内さんが言ってたんだ。余裕があったら、他のアヤカシも調べるみたいだけど……」

「犬神を調べてくれねーかな」

「ご当地アヤカシじゃないからねぇ……。全国的には有名なんだけど」

ぼやく千牧に、ヨモギは眉根《まゆね》を寄せた。

「まぁ、いいか。いつか、インタビューが来ることを祈ってるぜ」

「ふふっ、そうだね。取り敢《あ》えず、今日は髪切りのことに専念しよう」

「でも、ついつい盛り上がっちまったけどさ。髪切りなんて、今はいるのか？」

千牧は首を傾げてみせる。

「うーん。『耳袋《みみぶくろ》』っていう昔の本にも登場したくらいだし、有名ではあるんだけど、江戸時代の話なんだよね。最近、髪切りが現れたっていうニュースも聞かないし」

長年、神田に住んできたお爺さんも、髪切りが出現したという話は聞かないと言っていた。

「どっかに行っちまってるんじゃないかな」

「どっかって？」

「髪切りにとって住み易いところとか」

「有り得ない話でもないよね」

現に、家を無くした千牧は、田舎から放浪して神田にやって来たし、知り合いの化け狸である菖蒲《しょうぶ》も、千葉からやって来たという。

「うーん。そうなると、髪切りの正体は、変化が出来るようになった動物かな……」

狐の可能性も出てきたので、ヨモギは俯《うつむ》く。

「なんで、動物系だと思うんだ？」

千牧は、目をぱちくりさせる。

「ほら、アヤカシのことを研究していた民俗学者の柳田國男《やなぎたくにお》っていう先生が、妖怪は場所に出るものだって言ってたから。肉体を持たない伝説や恐れから生まれたアヤカシは、基本的には場所に縛られるんだよね」

『某所には何某《なにがし》というアヤカシが出現する』という話から生まれたアヤカシは、某所とセットになる。余程の干渉が無い限り、動くことは出来なかった。

「僕も突き詰めていくと、きつね堂の祠にはご利益があるっていう概念から生まれてるはずだから、あんまり遠くには行けないと思う」

「えっ、じゃあ俺は？」

千牧は、自身を指さして首を傾げる。

「千牧君は、家が無くなっちゃったから離れられたのかも。でも、元気が無くなってたでしょ？」

「まあ、うん」

「コンセントに繋《つな》がってたノートパソコンのプラグが抜かれたような状態だったんじゃないかな。プラグが抜かれているから、何処《どこ》にでも持って行けるし、充電があるからしばらくは使えるけど……」

「ジューデンが無くなったら、動かなくなるやつだ！」

千牧は、腑《ふ》に落ちたように目を見開いた。

「俺、やっぱりヤバい状態だったんだな……」

爺さんに感謝しなきゃ、と千牧は呟く。

この場合、千牧はお爺さんの家に憑《つ》くことで、再びコンセントに繋いだ状態になったということだ。

「じゃあ、あの狸はどうなんだ？」

「菖蒲さんは、元々が獣だったから。ちゃんとした肉体があるし、僕達ほど概念に依存してないよ」

「ふーん。じゃあ、あいつみたいに元々が獣なら、髪切りも何処にでも行けるってことになるのか」

「そうなるね」

ヨモギは頷く。

「化け狐説が濃厚になって来たな」

「……今のうちに、衝突を回避する方法を考えておく」

化け比べだけは勘弁して下さい、とヨモギはお稲荷さんに祈った。

「じゃあ反対に、俺達みたいに場所に縛られる存在だったら、まだ、神田にいるかもしれないってことか？」

「いればいいんだけど……」

「けど？」

「概念に依存してると、忘れられたら消えちゃうからさ。髪切りが出たっていう話は聞かないし、心配かな……」

神田に昔から住んでいるお爺さんですら、髪切りの話を聞いた時、「ああ。本で見た気がする」という程度の反応だった。髪切りをよく知っている人は、今の神田にいないのだろう。

「うーん、確かに心配だな……」

ヨモギと千牧は、ふたり揃って腕を組み、唸ってみせた。

「まあ、兎内さんの目的は、髪切りを探すことじゃないと思うけどさ」

「おっ、そうなのか？」

「飽《あ》くまでも、ミニコミ誌のネタ探しだからね。今を生きる人達は、アヤカシが実在しているとは思っていないし」

「じゃあ、もし見つかったら？」

「大騒ぎかな……」

それこそ、ミニコミ誌どころではない。

アヤカシが出た時の通報先は決められていないので、先ずは警察に通報されるだろう。それから、獣っぽければ保健所にでも連絡が行くのだろうか。その間、通行人が携帯端末で写真や動画を撮り、騒ぎを聞きつけたマスコミが来て取材をし、新聞の一面を飾ることになる。

驚いたアヤカシが逃げてしまったら、ツチノコのように懸賞金を掛けられ、懸賞金が欲しい人間や物珍しいものを見たいという人間達が神田をウロウロし、髪切りがいないかと目を光らせるようになる。

「……なんか、やべー感じだな」

「やばい感じだよね」

想像をめぐらせて、千牧とヨモギは顔を青ざめさせた。

「でも、神田に人が溢《あふ》れたら、それだけきつね堂に来るお客さんも増えるんじゃないか?」

「千牧君、僕以上に商魂逞《たくま》しいね⁉」

だが、彼らの目的は、飽くまでも髪切りだ。本を買ってくれるお客さんになる可能性は低い。

「で、話は戻るんだけどさ。髪切りを探すわけじゃなければ、何をやるんだ?」

「髪切りが出現したところに行って、その周辺を取材する感じになるんじゃないかな。今はこういう雰囲気のところだけど、昔は怪談があったんだって」

「へー、地味だなぁ」

「地味だけど、江戸時代と現在を比較するのが好きな人はいるからね。今の日常風景も、昔は全然違う風景だったんだって知るだけで、ロマンがあるんじゃない？」

「なるほど……」

千牧は、店の前を眺めながら、納得したように頷いた。

今は自動車が通り、地元民と勤め人が行き交う通りも、江戸時代の頃《ころ》は自動車もなかったし、地元民や勤め人の姿が違っていた。

「この辺は大名屋敷も多かったから、当時も賑《にぎ》わっていただろうけどね」

「だけどさ。人の往来が激しいってことは、それだけ怪談も生まれるってことだよな」

「うんうん、そういうこと」

怪談を語るのは人だ。だから、人がいる場所には怪談が生まれるし、人がいない場所には怪談は生まれない。

だから、本所《ほんじょ》七不思議が有名なのだ。また、山中の怪談なども、足を踏み入れた人がいるからこそ語られるのだ。

「兎内さんが教えてくれた怪談以外にも、探せば見つかりそうだけど……」

「お待たせ！」

ヨモギの背後から、聞き慣れた女性の声が掛かる。

「兎内さん！」

振り返ると、笑顔で手をひらひらさせる兎内さんと、もう一人、彼女と同じくらいの年齢の女性がいた。

「うちの同僚、鶴見《つるみ》っていうの。怪談好きだっていうから、連れて来ちゃった」

「初めまして、鶴見っていいます」

宜《よろ》しくね、と微笑んだ女性は、清楚《せいそ》な美人だった。鶴という苗字《みようじ》に相応《ふさわ》しく、肌は絹のように白く、長く艶《つや》やかな髪を一つに束ねている。

一見すると、良家のお嬢様のようで、怪談を好む物好きのようには見えなかった。

ヨモギは緊張気味に、「ヨモギです。宜しくお願いします」と、深々と頭を下げた。千牧はいつも通り、「うっす。千牧だ。宜しくな！」と元気よく挨拶《あいさつ》をする。

「ヨモギ君に千牧さんですね。こんな可愛い男の子と、カッコいい人とご一緒出来るなんて幸せです。それに、神田の怪談を探れるなんて……」

怪談、と口にした瞬間、彼女の表情は恍惚《こうこつ》とした。鶴というよりは、獲物を狙う猛禽《もうきん》のような目つきに、イヌ科ふたりはごくりと固唾《かたず》を呑《の》む。

「髪切りって言ったら、怪談好きには有名な話ですしね。お恥ずかしながら、あの話が神田――職場の近くの出来事だと知ったのは、最近なんですけど」

「そ、そうなんですか……」

ヨモギは、何とか笑顔を取り繕いながら相槌《あいづち》を打つ。

怪談好きにとって有名とか、語られた場所を知らないことが恥ずかしいとか、その辺の基準がよく分からなかったが、鶴見さんが熱心なのはよく分かった。

「勿論、髪切りが実在するかを調べるのよね⁉」

鶴見さんは、兎内さんの両手をしっかりと握りながら目を輝かせる。それに対して、兎内さんは目を白黒させた。

「へっ？　実在っていうか、怪談だし……。一先ず、出現したっていう場所の近辺を調べて、そこから読み取れることがあったらいいなーって……」

「いやいや、そこは髪切りも探さなきゃ！　髪切りが実在するなんて証明出来たら、ミニコミ誌が一躍有名になって、怪談誌になるわよ！　そしたら、私は自分用と保存用と布教用に五十冊くらい買うわね！」

「いや、そこまで有名になるつもりもないし、私は怪談誌を作りたいわけじゃないし、五十冊は多過ぎだし……」

兎内さんは完全に気圧されながらも、一つ一つ丁寧にツッコミを入れた。

「そもそも、アヤカシは伝説上の存在でしょ。本当にいたら、もっと話題になってると思うけど……」

兎内さんは、「ねぇ」とヨモギ達に同意を求めるが、ヨモギは「ははは……」と曖昧《あいまい》な相槌を打つことしか出来なかった。

「そう言えば、このお店って、裏にお稲荷さんの祠があるわよね」

鶴見さんの一言に、ヨモギはドキッとする。思わず尻尾が零《こぼ》れそうになったが、ぎゅっと尾骶骨《びていこつ》の辺りに力を入れて、踏み留《とど》まった。

「こういう個人のお店って、今は何処も経営が苦しくて、次々と潰《つぶ》れちゃってるでしょう？　でも、このお店は持ちこたえてて凄いわよね。もしかして、お稲荷さんのご利益があるとか……」

「そ、そうかもしれませんね……」

鶴見さんの見解は、おおよそ当たっていた。

ヨモギは、生きた心地がしないまま頷く。そんなヨモギに、鶴見さんが詰め寄った。

「なんかこう、貴方《あなた》ってお稲荷さんっぽいオーラが出てるっていうか……」

「お稲荷さんっぽいオーラ⁉」

ヨモギはギョッとする。鶴見さんの背後では、兎内さんが「また始まった……」と困ったように苦笑していた。

「ごめんね。彼女、そういう話が好きなの」

「へ、へぇ……」

「なんでも、霊感が強いとかで」

証明されようとしていた。

兎内さんの口ぶりでは半信半疑のようだが、まさに今、その主張が正しいということが

鶴見さんは、ヨモギから目を離さずに続けた。

「貴方は、ここの店主さんのお孫さんとかかしら？　それじゃあ、千牧君はお兄さんかな。家族経営じゃないと、従業員を雇うのは大変そうよね。それとも、千牧君が店主なのかしら……」

「いや、店主は爺さんで、俺は居そう――」

居候と答えようとした千牧の口を、ヨモギは慌てて塞ぐ。

鶴見さんは、きつね堂の不自然な部分に目を付け、彼らの素性を疑っている。しかも、霊感が強いというのも本当のようだ。正体がバレるのは、時間の問題かもしれないと、ヨモギは思った。

早く、彼女をきつね堂から遠ざけなくては。

「そう言えば、私も詳しいことを知らないね。千牧君も、どういう経緯で雇われているのか聞いてなかったし」

兎内さんもまた、疑問を浮かべ始めた。

まずいと思ったヨモギは、「そんなことより！」と話を遮る。

「髪切りを探しに行きましょう！　あんまり遅くなると、危ないですし！」

「おっ、そうだな。行こうぜ！」

千牧もヨモギの話に乗り、ふたりで兎内さんと鶴見さんをぐいぐいときつね堂の外へ向かわせた。

ヨモギ達はお爺さんに断り、素早くきつね堂を閉店させてから、怪談探しへと向かったのであった。

兎内さんが事前に入手した古地図をもとに、一行は髪切りが現れたという場所へと向かう。

「えっと、多分この辺りなんだけど……」

日が沈むのはあっという間で、辿《たど》り着いた頃には、空はすっかり暗くなっていた。遥《はる》か西の空に、ぼんやりと太陽の名残が見えるくらいである。

だが、神田の夜は暗いわけではない。

街灯や、オフィスから漏れる灯《あか》りもあるので、足元がよく見えないなんていうことはなかった。

「流石《さすが》に、正確な場所は分からなかったのよね。大体この辺って感じだけど……」

「じゃあ、一回りしてみようぜ。何か分かるかもしれないし」

千牧は、鼻をスンスンと鳴らしながら言った。

「そうね。何かいるかもしれないし」

そう言ったのは、鶴見さんだった。猫のように爛々《らんらん》と輝かせた目を、髪切りがいないかと凝らしている。

「私の霊感が告げてるわ。妖気は感じるのよ、この近くに」

「き、気のせいじゃないですかね……」

ヨモギは苦笑しつつも、鶴見さんから距離を置く。

「……なあ、妖気って俺達のことじゃないよな」

耳打ちをする千牧に、「ど、どっちだろうね……」とヨモギは息を呑んだ。

「妖気かぁ。それこそ、髪の毛がアンテナみたいに反応したら分かり易いんだけどね」

兎内さんは、辺りに何か痕跡《こんせき》がないか探しながら、困ったように笑った。

「有名な怪談だし、看板か何かがあるといいんだけど」

「そうですね。僕も探してみますね」

「俺も俺も！」

ヨモギと千牧は、兎内さんと一緒に痕跡を探す。

周囲は、何処にでもあるオフィス街然としている。車二台が何とか通れるほどの路地に、それほど背が高くないビルがずらりと並んでいた。

そう、何処にでもある風景だ。だけど、ヨモギは少し違和感を覚えていた。

「千牧君」

「どうしたんだ？」

「なんか、人気《ひとけ》が無いね……」

「んー。俺もちょっと、そう思ってた」

それほど広くない路地とはいえ、働いている人が多い神田の一角だ。周囲にオフィスもあるし、家路につく人間の一人や二人、歩いていてもおかしくないのだが。

「あと、生臭い臭《にお》いがするぜ」

「あっ……」

千牧に言われ、ヨモギもハッと気付く。

その時だった。「きゃっ！」と鶴見さんの悲鳴があがったのは。

「鶴見さん！」

ヨモギ達は、蹲《うずくま》る彼女の元へと駆け付ける。兎内さんもまた、暗がりでも分かるほどに血相を変えて駆け寄った。

鶴見さんは、震える声でこう言った。

「いきなり、髪を引っ張られて……」

「髪の毛を」

「引っ張られて……？」

ヨモギは不穏なものを感じ、千牧と顔を見合わせる。

「こ、これは……！」

兎内さんは、息を呑んだ。

鶴見さんの髪を見てみると、なんと、束ねた髪の先端がざんばらに切られていたではないか。先程までは、綺麗《きれい》に切り揃えてあったのに。

「まさか、髪切り……！」

そんなまさか、と兎内さんは息を呑む。千牧はハッとしたかと思うと、「ウーッ」と牙《きば》を剝《む》いて唸り、勢いよく駆け出した。

「千牧君！」

ヨモギの声は聞こえていないのか、千牧の姿はあっという間に見えなくなった。

現場に残されたのは、女性二人と狐の子だけになってしまった。

「だ、大丈夫ですか……？」

ヨモギは一先ず、鶴見さんのことを落ち着かせようとする。

彼女は、蹲ったまま震えていた。ブツブツと何かを呟いているので、ヨモギは耳をそばだてる。すると、彼女はこう言っていた。

「ついに……ついに会えた……」

「えっ？」

「髪切りに会えたのよ！　これって、本物が出たってことでしょ⁉」

鶴見さんは目を輝かせ、がばっと顔を上げる。そして、誇らしげに、切られた髪をヨモギと兎内さんに見せびらかした。

「う、うん……。本物、なのかな……」

対応に困った兎内さんは、ヨモギに振る。ヨモギもまた、鶴見さんの勢いに気圧されながら、「そ、そうかもしれませんね」と頷いた。

「ちょっと、楓！　貴女《あなた》、写真は撮ったの？」

「えっ、いや、ごめん。そっちを見てなかったから……」

兎内さんは、鶴見さんに肩を摑《つか》まれ、がくがくと激しく揺さぶられる。兎内さんの言葉に、鶴見さんは明らかに落胆した。

「そんなぁ……。アヤカシの存在を立証出来るチャンスだったのに……」

「ははは……」

ヨモギは、鶴見さんが大丈夫そうなのに胸を撫で下ろし、周囲を見回す。

だが、髪切りどころか人の気配がない。肉体を持った人間――つまりは通り魔だとしたら危険だと思ったが、どうやら、そうではないらしい。

そうしているうちに、千牧が帰って来た。

「どうだった？」

「駄目だ。取り逃がした」

千牧は、悔しそうに唸った。

「やっぱり、髪切りだったわよね！」

目をくわっと見開く鶴見さんに、千牧は後退しながらも、「いや、気配と生臭さだけしか分からなかった」と答える。

「兎に角《とかく》、通り魔の類《たぐい》じゃなくて良かった……。でも、これ以上は危険だね」

兎内さんは、周囲を警戒しながら言った。

「それじゃあ……」

「調査は中止。ミニコミ誌を作るのに危ないことはしたくないもの。それに、髪も……」

兎内さんは、申し訳なさそうに鶴見さんを見やる。

だが、当の本人は、「髪よりも髪切りじゃない？」と調査を続ける気満々だった。

「いやいや。今回は髪で済んだけど、これ以上ここにいたら、どうなるか分からないし。早く、戻りましょ」

「嫌よ！　髪切りが近くにいるかもしれないのに！」

「分かった分かった。話なら後でゆっくり聞くから」

「分かってないぃぃ！」

兎内さんは、名残惜しそうな鶴見さんの背中をぐいぐいと押す。

ヨモギと千牧もまた、それを手伝った。ヨモギも、お客さん達を危ない目に遭わせたくないと思ってのことだった。

途中で何度も引き返しそうになった鶴見さんを全力で抑えつつ、ヨモギ達はきつね堂へと戻る。

「付き合わせちゃってごめんね」と兎内さんは、ヨモギと千牧に頭を下げた。

「いいえ。こちらこそ、もう少しお役に立てたら良かったんですけど」

「俺も、犯人が捕まえられたら良かったんだけどさ」

「無理しないで。みんな無事なのが一番だから……」

千牧の言葉に、兎内さんは困ったように笑う。その横で、鶴見さんは何やら手帳にペンを走らせていた。

「どうしたの？」

首を傾げる兎内さんに、物凄い勢いで手帳に何かを描き殴《か》る鶴見さんは、こう答えた。

「髪切りの姿を描き留めてるの」

「えっ、姿を見たの？」

「一瞬だけだけど」

鶴見さんは、「よし、出来た！」とメモ帳に描いたものを一同に見せる。そこに描かれたものに、一同は息を呑んだ。

それは、真っ黒な塊だった。真っ黒な塊に手足が生えていて、辛うじて、人型っぽく見える。離れた目と、歯が生え揃った口が何処か間抜けで、愛らしさすらあった。

「ゆるキャラ……？」

兎内さんは首を傾げる。

「髪切りよ、髪切り！」

「あ、うん。文献に描かれていた髪切りは、確かにこういう姿だったけど……」

でも、もう少し迫力があったような、と兎内さんは反対側に首を傾げてみせた。

ヨモギは、その姿に見覚えがあった。お店の棚にずらりと並んでいる本から、一冊を抜き出す。

「いた……」

それは、アヤカシについて書かれた本だった。全国のアヤカシの一部が紹介されているものだが、偶然、髪切りも載っていたのだ。

ヨモギはそれを鶴見さん達に見せる。

「こんな感じですよね！」

だが、鶴見さんは、「そこまで怖くなかったかな」と自分の絵と見比べた。

「えっ、画風の問題じゃなくて、本当にそんな感じだったんですか？」

ヨモギは目を丸くする。

本に描かれた髪切りは、全体的には真っ黒で、鶴見さんが描いた髪切りに似ていたが、ずらり並んだ歯は尖《とが》っており、目も据わっていて、手足はどっしりとしていて爪《つめ》まで生えていた。しかも、着物の女性の髻《もとどり》をがっぷりと咥《くわ》えているという恐ろしい絵で、夜道で見かけたら腰を抜かしてしまいそうだった。

しかし、鶴見さんのは違う。手足は太いが短く、やけに頼りない。

「なんか、こっちの髪切りに追いかけられても、怖くないっていうか……」

兎内さんは、鶴見さんの髪切りを眺めながら言い淀んだ。

「確かに。足も遅そうだし、途中で転びそうだよな」

千牧もまた、容赦なかった。

「で、でも、本当にこんな感じで……」

「うんうん、そうね」

兎内さんは、鶴見さんをなだめるように背中を撫でる。

「よしよし。その話は、帰り道で聞くから」

「あやさないで！」

鶴見さんは、上品な顔を悔しげに歪《ゆが》めながら、きぃぃと金切り声をあげる。

髪を切られたことのショックよりも、髪切りを見た喜びの方が大きかったようだし、自分が描いた髪切りが相手にされない悔しさの方が深刻らしい。

「一先ず、神田の怪談については保留かな。危ないのはちょっとね」

兎内さんは、アイディアをストックしてある自分の手帳を見やる。

「それじゃあ、次は怪談じゃないテーマにするんですか？」

ヨモギの問いに、「うん」と兎内さんは頷いた。

「一晩考えるけど、そうなりそう。幸い、アイディアは二人からたくさん貰ったしね」

安心して、と兎内さんは微笑む。その横で、鶴見さんは残念そうに項垂《うなだ》れた。

その後、鶴見さんは兎内さんにあやされながら帰って行った。ヨモギと千牧は彼女らを見送る。

「それにしても……」

「気になるよなぁ」

千牧は、いつの間にかはみ出していた犬の尻尾を振りながら呟いた。

「アヤカシっぽい生臭さは感じたから、本物だとは思うけど……」

ヨモギは、髪切りと遭遇した時のことを思い出す。生臭さは感じたものの、気配はやけに希薄だった。

「あの時、逃げたかと思ったんだけど、消えただけなのかもしれないな」

「髪切りが逃げ切ったから見失ったわけじゃない……ってこと？」

「ああ。実は、弱ってるんじゃないか？」

「……うーん」

それなら、気配が希薄なのも説明がつく。ヨモギは、考え込むあまり、狐の耳をぴょこんと出す。三角の耳をぴくぴくさせながら、こう言った。

「さっきの場所、また行ってみる？　ちょっと気になるし」

「だな。放《ほう》っておくのもよくないだろうし」

また、鶴見さんのように髪を切られる人が出るかもしれないし、髪切りが弱っているのなら放っておけない。

ヨモギと千牧は顔を見合わせると、頷き合った。

「その前に――」

「飯だな」

シャッターを閉めた店の中からは、お爺さんがふたりを呼ぶ声がする。美味《おい》しそうなお味噌汁《みそしる》の匂《にお》いが、ふたりのイヌ科の鼻腔《びこう》をくすぐった。

ふたりはお爺さんの呼び声に応《こた》えると、ちょろりと出した尻尾をパタパタと振りながら、お爺さんの元に向かったのであった。

夕食が終わり、食器を洗うお爺さんの手伝いを済ませた頃には、すっかり夜も深まっていた。

規則正しく並んだ街灯のお陰で、道はそれなりに明るいが、通行人はかなり少なくなっていた。制服姿の学生はほとんど見当たらないし、大学生らしき人もあまり歩いていない。

神田駅を横切ると、スーツ姿のビジネスマンの集団が、高架下の酒場に入るところだった。ちょっと強面《こわもて》の人もうろつき始めたので、ヨモギは千牧のそばをピッタリとくっついて離れなかった。彼らが恐ろしいというよりは、子供一人だと思われて、無用なトラブルに巻き込まれたくないからだった。

「えっと、この辺だよね」

繁華街から少し外れたところに、先ほどの場所があった。

並んだビルの中のオフィスは、ほとんどが終業してしまったのか、明かりは見られなかった。街灯はあるものの、先ほどよりも薄《う》っすらと暗く、すっかり静まり返っていた。

「よっこらしょ」

千牧は小さく掛け声をあげると、どっしりとした犬の姿になる。

「わっ、どうしたの！」

「こっちの方が、鼻が利くんだよ。あと、速く走れるしな！」

千牧は自慢げに鼻をひくひくさせてみせた。

「そっか。頼もしいよ。僕は狐になってもあんまり意味がないから……」

ヨモギは小さな子狐なので、身体は軽いものの、逃げた相手を押さえつけるほどの力は無い。それどころか、強風が吹いたらコロコロと転がってしまいそうだ。

「まあ、気にすんなよ。俺、細かいことは苦手だから、そっち側はヨモギに頼むぜ」

「うん」

パタパタと尻尾を振る千牧に、ヨモギは力強く頷いた。

すると、「ん……？」と千牧が顔を上げる。ヨモギも違和感を察し、鼻をひくつかせた。

生臭い臭いがする。髪切りが出て来た時と同じ臭いだ。

ふたりは警戒しながら、辺りを見回した。

「そこだ！」

千牧は、近くにあった電柱の裏へと飛び掛かる。

「千牧君！」

「俺に任せろ！」

千牧はワンワン吼《ほ》えながら、電柱の裏にいた何者かと格闘していた。

そのうち、「ぎゃっ」という獣のような悲鳴が聞こえたかと思うと、ほどなくして、何かを咥えた千牧が顔を出す。

その姿は、勝者の風格が漂っていた。

「髪切りを捕まえたぜ！」

千牧は咥えていたものをアスファルトの上に落とすと、パタパタと尻尾を振る。ヨモギが、「流石だね。有り難う！」と頭を撫でると、千牧は嬉しそうに舌を出した。

「で、これが髪切りの正体か……」

ふたりは、アスファルトの上に落ちている物体を覗《のぞ》き込んだ。

それは、黒い塊だった。更には、短い四肢が生えていた。目もあるし、口もあるが、これは――。

「鶴見さんのイラストの、そのまんまだ……」

「マジだな。あのねーちゃん、絵が上手かったんだな……」

そう、鶴見さんが描いた迫力の無いゆるキャラ風味の髪切りが、そこに落ちていた。資料の浮世絵では、成人女性よりも遥かに大きかったそれは、猫くらいの大きさになっていた。

髪切りはハッと我に返ると、ぷるぷると震えて縮こまる。

「ヒィー、命だけはお助け下さい！」

「いや、命を取ろうっていうわけじゃないんだけどさ。甘噛《あまが》みにしたし」

千牧は困ったように尻尾を垂らした。

「そうそう。僕達は調査に来ただけだってば」とヨモギも頷く。

しかし、髪切りは懐疑的だった。

「そう言って、俺を捕獲して何処かに連れて行こうっていう気だな！」

「何処かって？」

保健所ならば誤解だよ、とヨモギは付け足そうと思ったが、髪切りは「テレビ局とか」と言った。

「なんでテレビ局……」

「このまま俺は、ツチノコやネッシーみたいに、幻の生き物として特集を組まれるに違いない……。全国のお茶の間に俺の姿が流れるに違いないし、グッズ化もされて一躍人気になるかもしれない……」

髪切りはさめざめと泣く仕草をしつつも、前髪を気にするように、両手でぺたぺたと額の辺りを触っていた。前髪なんて、彼には存在していないが。

「ノリノリじゃねーか」

千牧は、呆《あき》れたようにそれを見ている。「だね……」とヨモギも苦笑した。

「ツチノコやネッシーは、そもそも捕獲されてないから。それに、君には懸賞金も掛かってないから大丈夫だよ」

ヨモギは、髪切りを何とか落ち着かせようとする。すると、髪切りはショックを受けたように、歯がずらりと並ぶ口をあんぐりと開けた。

「懸賞金も掛かってない⁉　江戸を騒がせた髪切りに⁉」

「もう令和だしね。江戸時代のことは時効じゃないかな」

何とか笑顔を保つヨモギの前で、髪切りは大きな溜息を吐いた。

「そうか……。そんなに時代が巡ったのか……。いつの間にか昭和が終わっていたなんて」

髪切りは、平成を昭和として過ごしていたらしい。

「そりゃあ、俺の力も無くなるわけだ」

「力が、無くなる？」

ヨモギと千牧が首を傾げると、髪切りは何とか立ち上がり、小さな身体でふたりを見上げた。

「お前達、浮世絵に描かれた俺の姿を見たことがあるか？」

「うん」

「ああ」

ふたりは同時に頷く。先ほど、きつね堂で見たばかりだ。

「本来の力が出せれば、あれくらいの大きさになれるんだけどさ。今はすっかり力が失《う》せて、ご覧の有様さ」

妖怪というよりもゆるキャラとしか見えない姿で、髪切りは言った。その単純な顔立ちには、哀愁が漂っている。

「もっと、人々の恐れがあれば、全盛期の姿になれたんだけど」

「そっか。君は、概念をもとに、恐れを利用して具現化してたんだ……」

髪切りの正体は、様々な説が囁《ささや》かれていた。しかし、少なくともこの神田の髪切りは、人々の恐れから生まれたものらしい。そうなると、物質としての肉体を持たず、存在の全てが概念に依存してしまう。

「人間達にほとんど忘れられてるから、そんな姿だってことか」

千牧は、納得したように耳をピンと立てた。「そういうことだな」と髪切りはしょんぼりしながら答えた。

「俺は昔、この辺りでブイブイ言わせてたアヤカシだったんだ」

「ブイブイ……」

既に死語となった単語を交えつつ、髪切りは語り出した。

彼が怪談の通り、女性達を襲って、髻を噛み切っていたこと。

恐らく最初は、縁談を断るために髻を切った女性の嘘《うそ》から生まれたのだろうということ。その方便を利用する女性が増え、噂が拡がり、人々が恐れるようになってから姿を保てるようになったということ。

そして、文明開化を経て女性の髻もなくなり、女性が縁談を断る口実として使われなくなり、髪切りの噂が急速に衰えてしまったということを。

「そっか。髪切りの怪談は、髻と一緒に消えて行ったんだ……」

彼は、時代の流れに流されてしまったアヤカシということか。ヨモギは、同情的な眼差《まなざ》しを送る。

概念に依存しているアヤカシは、語る人がいなくなれば消えてしまう。髪切りは正に、その危機に直面していたのだろう。

「怪談が語られなくなって行くうちに、俺はどんどん小さくなって行ったし、力も入らなくなって行った。このまま消えるのかなと思って漂うこと幾星霜《いくせいそう》。そこに、お前達がやって来たんだ」

「僕達が……？」

自身らを指すヨモギに、「そうだ」と髪切りは頷いた。

「お前達から溢れる妖力……いや、これは神通力かな。兎に角、力を借りて、姿を具現化させるところまでは出来たんだ」

しかし、ふたりのおこぼれの神通力程度では、全盛期の力を発揮することは出来なかった。しかし、髪切りはめげずに、本来の彼の役目である、女性の髪を切るという悪戯《いたずら》を成し遂げたのである。

「髻でなかったのは残念だが、なかなか美味な黒髪だったぞ」

髪切りは、口をもぐもぐと動かす。

「鶴見さんの髪、食べちゃったの⁉」

ヨモギは、ぎょっとして目を見開く。

「食べる以外にどうしろって言うんだ。女性の髪をその辺に捨てるのも忍びないし、自分の頭に植えるわけにもいかないし！」

「植毛した姿も、見てみたいような気がするけど……」

ヨモギは、フサフサの髪の毛が生えた髪切りを妄想する。一方、千牧は別の心配をしていた。

「毛って食っても大丈夫なのか？　あれは消化し切れないいんじゃないか？」

「安心しろ！　消化し切れなかったものは、毛玉として吐く！」

得意げな顔をする髪切りに、「それなら大丈夫だな！」と千牧は尻尾を振った。概念に依存する存在だが、消化の仕組みは普通の動物とあまり変わりがないらしい。

「うーん。取り敢えず、大体の事情は呑み込めたよ」

ヨモギは、納得したように頷く。

自分達の神通力で、消えそうだった髪切りが少しだけ元気になり、本来彼がやるべきことをやった。その結果、鶴見さんの髪は切られ、持って行かれた髪は髪切りの胃袋の中に収まったということだった。

事情は分かった。問題は、これからだ。

「髪切りさんは、これからどうするの？」

ヨモギはしゃがみ込み、小さな髪切りと視線を合わせる。髪切りは、生え揃った歯をカチカチと鳴らしながら、こう言った。

「勿論、心行くまで女性の髪を切る！　やる気になれば、髻以外も噛み切れることが分かったしな！」

「う、うーん。いや、それは、やめておいた方が……」

言い淀むヨモギに、「何故《なぜ》だ！」と髪切りは目をひん剝いて抗議した。

「髪を切れば切るほど、人々の恐れが増えるだろ！　そしたら、俺だって全盛期の力を取り戻せるはず！」

髪切りは意気込む。

このまま、江戸時代の頃のように噂をされるようになれば、熊《くま》のような巨体で女性に襲い掛かり、髪を沢山切れるのだと豪語した。

ヨモギと千牧は、顔を見合わせる。

「でも、そんなことしたら」

「それこそ、保健所に連れて行かれそうだな」

「保健所⁉　テレビ局じゃなくて⁉」

髪切りは目を極限まで見開く。

「危ないものはテレビ局に持ち込めないし……」

ヨモギは、気まずそうに目をそらした。

「やばい奴をしょっ引くのは警察だけど、警察は人間相手だからなぁ……」と千牧も耳をぺったりと伏せた。

「保健所と言えば、野犬を追い回していた連中じゃないか……。岡っ引きに追われるならともかく、野犬と同じ扱い……」

「今は野犬もいないけどね」

多分、昭和の話をしているんだろうな、と思いながら、ヨモギはやんわりとツッコミを入れた。

「保健所の手に負えなければ、猟友会とかかもしれないし、気を付けた方が良いよ」

「人里に現れた熊扱い⁉」

髪切りの目は再び見開かれ、こぼれんばかりだ。

「あ、アヤカシ専門の連中はいないのか⁉　陰陽師《おんみょうじ》とか！」

髪切りは悲鳴じみた声をあげる。

「陰陽師は少なくなっちゃったから、呼ぶのが難しいかも」

「まあまあ。保健所は里親探しもしてくれるらしいぜ。大人しく保健所の人達に里親を探して貰えよ」

千牧は、前脚でぽむっと髪切りの肩を叩《たた》く。

「愛玩《あいがん》アヤカシになってたまるか！　何処の馬の骨かも分からない金持ちの老夫婦に飼われて、蝶《ちょう》よ花よと孫のように可愛がられて、美味しいものを毎日食べる生活なんて……！」

最後の方で、「ちょっといいかも」と付け足したのを、ヨモギは聞き逃さなかった。

「でも、髪切りさんは場所に縛られていそうですし、難しいかと……」

「確かに。俺は、神田に出る髪切りっていう概念に縛られているしな……」

髪切りは、心底残念そうに項垂れた。

「兎に角、これ以上悪戯を重ねるのはやめた方が良いですよ。炎上商法っぽいにおいがしますし」

「そうそう。火種を見つけて、火車《かしゃ》が心配するって」

千牧も、ヨモギに大きく頷いた。

「だが、再び有名になるにはそれしかない……！」

「でも、兎内さんはそれでミニコミ誌の取材をやめちゃいましたし……」

「ミニコミ誌？」

髪切りは、ほとんどくびれがない首を傾げる。

ヨモギは、髪切りに事の次第を説明し始めた。

兎内さんが、フリーペーパーの一種であるミニコミ誌を作っていること。そこで、お勧めの本や神田の見所や名物などを取り扱っているということ。そして、今回は怪談をテーマにしようとしていたことを。

「怪談がテーマ⁉　おあつらえ向きじゃないか！」

「だけど、危ないから別のテーマにするって言ってたんだ」

千牧の言葉に、髪切りは「がーん」と効果音を口にした。

「そんな……。自らの存在を知らしめるチャンスだと思ったのに、逆にチャンスを失っていたとは……」

「難しいところですよね。髪切りさんは、髪を切ってこそ髪切りさんですし……」

ヨモギは腕を組んで考え込む。千牧もまた、「うーん」と首を傾げた。

「そう。髪を切るからこそ髪切りで、髪を切らなくては髪切りじゃない……。髪を切るのをやめたら、概念に依存している俺は、消滅してしまう……」

髪切りはまた項垂れる。

髻が無くなった令和の時代でも、女性にとって髪を切られるのは恐怖だろう。今回の被害者は偶々《たまたま》、変わり者の鶴見さんだったから喜ばれたのだが。

しかも、人々は昔ほど、アヤカシの存在を信じなくなっている。きっと、通り魔の仕業だと思われるし、警察が巡回したり人通りが少なくなったりして、結局、髪切りが髪を切ることが出来なくなり、消滅の道を辿ることになりそうだ。

「あのねーちゃんが探していたのって、ミニコミ誌のネタだったんだよな。上手いこと、ネタになるようにすればいいんじゃないか？」

具体的な方法は思い浮かばないけど、と千牧は困ったように言う。それを聞いたヨモギは、ハッとした。

「それだよ！　ミニコミ誌のネタだけを提供するんだ！」

「ネタだけ？」

千牧と髪切りの声が重なる。

「兎内さんは、髪切りが存在するか否かは問題にしていなかったじゃないか。ミニコミ誌の怪談のネタさえ手に入ればいいんだ。だから、ネタを提供して貰えばいいんじゃないかって」

「ネタを提供って、どうすれば……」

髪切りは、目をぱちくりさせる。全身が真っ黒なので、目を閉じると何処が目だか分からなくなってしまう。

「髪切りさんは、江戸時代当時のことを知ってるでしょう？　その時のことを話してくればいいんですよ。どんな女の人がいて、どうやって髪を切っていたのかって。そうすれば、ミニコミ誌のネタになりますから」

兎内さんは平成と令和の時代を生きている人だ。江戸時代のことは知らない。資料を基に当時のことを想像するにも、限界がある。

そこで、江戸時代を生きた本物の髪切りの証言が活《い》かされるのだ。彼の何気ない証言すら、現代を生きる人にとっては貴重だから。

ヨモギの話に、髪切りと千牧は「なるほど！」と納得した。

「そうすれば、悪戯をして女の人の髪を切らなくても、俺の存在を知らしめることが出来るな！」

多くの人に知って貰って知名度が回復すれば、髪切りも力を取り戻すことが出来る。概念に依存しているアヤカシは、多くの人の心に置かれてこそ、力を発揮出来るのだ。

髪切りは嬉しそうに目を輝かせる。しかし、それはすぐに不安な表情になった。

「でも、俺は人の髪を切るアヤカシだ……。知名度が回復しても、女の人の髪を切れないのは歯痒《はがゆ》いな……」

「まあ、確かに……」

髪切りとヨモギが腕を組んで唸っていると、千牧が耳をピンと立てて言った。

「それじゃあ、合法的に切れるようにしたらいいんじゃないか？　床屋になるとか！」

「あ、成程。女性専用の美容師になれば、女の人の髪を切ることが出来るね」

ヨモギもそれには賛成だった。

現に、ご利益を授けるお稲荷さんの御使いであるヨモギと、家を守る千牧は、きつね堂の書店員となってその役目を全うしているのだから。

「アヤカシとして生きるのとは少し違うけど、現代に合った生き方をするのは良いかもしれないね」

「現代に合った生き方……」

髪切りも目から鱗《うろこ》だったのか、口を半開きにして感動していた。

「そうだな。美容師になったら、女の人の髪は切り放題だし、食べ放題だな。毎日がバイキングじゃないか……」

「人前では食べないでね⁉」

未来予想図を妄想してか、髪切りは恍惚とした表情になっていた。

「それには、もっと知名度を上げないとな」

千牧は、肉球がある前脚でぽんと肩を叩く。

「人間の姿になるって大変なことだし、店を構えるなんてもっと大変だと思うけど、江戸時代からここにいたお前なら、きっと出来るぜ！」

「ああ、任せておけ！」

髪切りも大きく頷く。

こうして髪切りは、むやみやたらに人の髪を切らないことを約束し、昔の経験談など、兎内さんへの情報提供をしてくれた。

ヨモギ達は、兎内さんに必ず書いて貰うよう交渉すると約束し、髪切りと別れたのであった。


翌日の閉店時間間際に、兎内さんはきつね堂に顔を出した。

「昨日は有り難う。そして、ごめんね。折角ついて来て貰ったのに……」

「あっ、そのことなんですけど！」

ヨモギは、昨日髪切りから聞いた話を、一から十までまるっと兎内さんに話した。

兎内さんは、あまりにもリアルで具体的な話を聞いているうちに、メモを取り出して、前のめりになっていた。

「へー。なんか、実際に江戸時代に行って見て来たかのようにリアルだったね。凄く面白かった！」

ヨモギが話し終わると、兎内さんは拍手をする。ヨモギは、照れくさそうに「えへへ……」と笑った。

「或《あ》る人から聞いたので……」

「或る人？　怪談を集めてる人とか？」

首を傾げる兎内さんに対して、ヨモギは答えに困る。すると、話を背後で聞いていた千牧が、「本人から聞いたんだぜ！」と言った。

「千牧君！」

「本人から⁉」

兎内さんは、目を丸くした。

ヨモギは、どうフォローしたらいいものかとオロオロする。

しかし、兎内さんはくすりと笑った。

「ふふっ、面白いね、それ」

千牧が言ったことを信じたのか信じていないのか分からないが、彼女の口調に、不快感は見受けられない。

「兎内さんは、アヤカシを信じるんですか……？」

ヨモギはつい、尋ねてしまった。すると、彼女は少し考えるそぶりを見せてから、こう答えた。

「信じる信じないっていうより、いたら面白いなって思うな」

彼女の言葉に含まれていたのは、希望だった。信じるか否かよりも、いて欲しいという願望があり、そこに含まれているのは親しくなりたいという気持ちだった。

「恐怖体験とか心霊写真とか、怪談って、勘違いとか作り話かなと思うこともあるけど、本当だったら面白いのになっていう気持ちの方が強いよね。まあ、見たら死んじゃうとか呪《のろ》いが掛かっちゃうっていう、ヤバいのは嫌だけど」

兎内さんの言葉に、ヨモギと千牧は顔を見合わせる。

「いたら……面白い……」

「うん。昨日の髪切りの話も、通り魔だったら危ないなって思ったんだけどね。でも、本当のアヤカシだったら、まあ、そういうものかなって」

勿論、それは被害に遭った鶴見さん自身が気にしていないからというのもあると、兎内さんは付け足す。

ヨモギは自身の顔から、自然と笑みがこぼれるのが分かった。千牧もまた、表情を明るくして嬉しそうな顔になる。

「次のミニコミ誌、やっぱり、神田の怪談をテーマにするね。ちゃんと、髪切りのイラストも添えて、特集を組もうと思うんだ」

「いいと思います！」

ヨモギは思わず叫び、千牧は「おう！」と頷いた。

「でも、あんまり有名になると、髪切りはびっくりしちゃうかな」

兎内さんは、冗談っぽく言った。

「いや、テレビ出演したそうだったので、喜ぶと思います」とヨモギは、存在しない前髪を必死に整えようとしていた髪切りを思い出しながら苦笑する。

それから、兎内さんは特集を組むことを約束し、その日の昼に並べたばかりの新刊を一冊買って、帰路へとついた。彼女が購入した新刊は、江戸の怪談を考察するという内容の本だった。

「有り難う御座いましたー！」とヨモギと千牧は、兎内さんの背中が見えなくなるまで見送る。

ふと時計を見ると、閉店時間を少し過ぎていた。

「これで、あいつも喜ぶな」

千牧はニッと笑いながら、閉店の作業を始める。ヨモギもまた、店先を綺麗にするために箒《ほうき》を持って来ながら、「そうだね」と頷いた。

「それにしても、いたら面白そう、か」

「僕達の存在って、案外、ああいう人達に支えられているのかもしれないね」

ヨモギは、胸の奥がほんのりと温かくなっているのを感じた。

自分の存在を確信してくれているのも有り難いが、いたら嬉しいという幸福感とともに、心の隅に置いて貰えるのは嬉しい。多くの人が、少しずつ心に置くことによって、それは強固なものになるから。

「髪切りさんも、そういう存在になれればいいのかな」

「だな。先ずはイケメン美容師を目指して頑張れってエールを送っておこうぜ」

「そうだね！」

今は頼りないゆるキャラだけど、『いたら面白そう』が増えたらイケメン美容師になる目標も遠くないかもしれない。

(それには先ず、兎内さんのミニコミ誌を色んな人に知って貰わないと)

兎内さんには、きつね堂の繁昌《はんじょう》にも手を貸して貰っている。こちらも積極的に、お客さんにミニコミ誌を勧めようとヨモギは気合を入れた。

お店もアヤカシも、そして人も、色々な人や物と繋がって支えられているのだと、ヨモギは実感した。

だから、自分も支える柱の一つにならなくては。

ヨモギが「よし」と頷くと、千牧もまた「頑張ろうな」と頷く。

「兎内さんのミニコミ誌が出来上がる前に、本の発注をしないと。髪切りさんが登場している本、一緒に置いておいたら手に取って貰えそうだし」

「それいいな！」

千牧は、大賛成と言わんばかりに目を輝かせた。ヨモギは、昨日参照した本を棚から取り出す。明日の朝一にでも、出版社に連絡をしなくては。

髪切りが登場する本が、一人でも多くの人に手に取られれば、髪切りの知名度も上がって元気になるはずだ。髪切り以外にも神田周辺にいたアヤカシは存在するし、彼らに関する本のコーナーを作ってもいいかもしれない。

明日もまた忙しくなりそうだと、ヨモギは心を躍らせた。

ふたりは、人々が支え合っている街への感謝を胸にしながら、きつね堂のシャッターを閉めたのであった。

第二話　ヨモギ、地下街に迷い込む

日曜日は、きつね堂の休業日だった。

神田の街からは、人の姿が少なくなり、地元民や観光客と思《おぼ》しき家族やカップルがちらほらと見受けられるようになる。

――今日はお休みか。

きつね堂の敷地内の祠《ほこら》にて、白狐《びゃっこ》の石像であるカシワはのんびりした口調で言った。

「うん。流石《さすが》に、休日だと人通りが少なくなるよね。地元の人は通ってくれるけど、通行人がまばらになるっていうか……」

ヨモギは、通りを見やる。

朝早いためか、ジョギングをしている中年男性が通り過ぎたくらいだ。いつも足早に会社へと向かうビジネスマンの姿はほとんどない。

「この辺はオフィスが多いから、休日はちょっと寂しいね」

――そうか？　のんびりしてていいと思うけどな。

カシワは、首を傾《かし》げんばかりの雰囲気だった。

「まあ、ゆっくりするのはいいんだけどさ。仕事が出来ないと落ち着かないかも」

ヨモギは、もじもじしながら言った。

いつもしている書店員のエプロンをしていないことすら、ヨモギにとって落ち着かない原因となっていた。

——お前、根っからの働き者だな。俺《おれ》は誇らしいけど、ちゃんと休めよ。休むのも仕事のうちだから。

弟であるヨモギを労《いた》わるように、カシワは言った。

「休むのも、仕事のうち……」

——体調をしっかり整えないと、ちゃんとした仕事も出来ないからな。お前だって、疲れる時はあるだろ？

「……たぶん」

ヨモギは、曖昧《あいまい》な相槌《あいづち》を打つ。

——疲労の自覚症状がないと、いきなりドッと疲れが来るかもしれないからな。ほら、休め休め。

「はぁい」

お客さんが来ないことを利用して、欠本の確認をしたり、ＰＯＰを書いたりしようとしていたヨモギは、渋々頷《うなず》いた。

——そう言えば、犬神はどうしてるんだ？

「千牧君なら、お爺《じい》さんとお散歩に行ったよ」

——えーっ、いいなぁ。俺も散歩に行きたいよ。

カシワはしょんぼりした声色でそう言った。

「僕が、兄ちゃんを抱えて散歩に行くとかは……」

——いや、俺は意外と重いと思うぞ。それに、俺がここからいなくなったら、誰《だれ》が祠を守るんだ！

「代わりに僕がここに……。ああ、でも、そうすると兄ちゃんを抱えるひとがいなくなっちゃうし」

千牧君に持って貰《もら》うとか、それとも、千牧君に祠を守って貰うとか、とヨモギは思案するが、どうもしっくりこない。やはり、お稲荷《いなり》さんの祠を守るのは自分達でないといけないし、兄の世話をするのは自分でないといけない気がする。

——誰かに抱えて貰うのは、流石に申し訳ないしなぁ。っていうか、変なこと言っちゃって悪かったな。

申し訳なさそうなカシワに、「ううん」とヨモギは首を横に振った。

——最近、お前達が本当に楽しそうにしているから、ちょっと羨《うらや》ましくなったのかもな。

「あっ、ごめん……」

ヨモギは、しょんぼりしながら俯《うつむ》く。すると、カシワは慌てたように続けた。

——おいおい、謝る必要はないってば。お前が楽しそうなのは兄として喜ばしいことだし。だけど……。

「だけど？」

——世の中には、色んな選択肢が転がってるんだなって思ったんだ。

ヨモギとカシワは、生まれた時からお稲荷さんの祠を守って来た。そして、それ以外の選択肢はなかったし、思いつきもしなかった。

だが、ヨモギは今、お爺さんを助けながら、色々な選択肢を前にしている。

今日だって、店の仕事をやることも出来るし、素直に休むことも出来るし、お爺さんの家事の手伝いをすることも出来る。そして、どの選択肢を選んだとしても、その先に更に選択肢がある。

カシワは、そんなヨモギを目の当たりにして、新鮮な気持ちを強く感じているのだという。そこに少し、羨望《せんぼう》が混じったそうだ。

——お前は、選択肢の一つ一つを大事にするんだぞ。お前が選んだものによって、お前やその周りの人の未来が決まるんだから。

「周りの人の未来も……」

——世界って、多分そうやって動いているんだろうしさ。まあ、慎重になり過ぎると何も出来なくなっちゃうけど、大事なことだって意識するのはいいかもな。

兄の言葉に、ヨモギは合点が行ったように顔を上げた。

「そうだね。お休みの日の選択も、大事だよね。それで未来が決まるわけだし」

――ああ、そうだ。だから今日はゆっくりして……。

「今日は他のお店を見ながら、店内のディスプレイの勉強をするよ！」

――えっ。

石像のカシワの目が、丸くなったような気がした。

――いや、休めって言ったじゃないか。今日はやる気を出さなくてもいいんだよ。

「だから、息抜きに外出しようと思うんだ。その先で、勉強をすればいいんじゃないかな」

――息抜きになるのか、それ……。

「刺激にはなると思う！」

ヨモギは小さな拳《こぶし》をぐっと握り締めながら、意気揚々と答える。

――お前なぁ……。

カシワが呆《あき》れたように溜息《ためいき》を吐《つ》く。

するとその時、騒がしい声が店に近づいて来るのが聞こえた。これは、千牧の声だ。

「よぉ、ただいま！」

犬の姿の千牧は、お爺さんと一緒に帰って来た。祠の前のヨモギとカシワを見て、尻尾《しっぽ》を千切れんばかりに振る。

「ただいま、カシワとヨモギ。留守番をしてくれて有り難う」

お爺さんは、白狐の兄弟に向かって優しく微笑《ほほえ》む。ヨモギは「えへへ」と照れくさそうな顔をし、石像のカシワからは背筋を伸ばす気配がした。

「そうだ。カシワにお土産があるんだ」

お爺さんはそう言って、一度、家の中に引っ込む。ヨモギがカシワと顔を見合わせていると、お爺さんはすぐに戻って来た。

「ほら、綺麗《きれい》な花だろう。散歩の途中で見つけたんだ」

お爺さんが手にしたのは、一輪挿しに挿された白い花だった。ヨモギはその花の名前は分からなかったが、可愛《かわい》らしく健気《けなげ》に咲いていて、一目見て気に入った。

それはカシワも同じだったようで、石像である彼の表情が、パッと明るくなったようにも見えた。

――あ、有り難う御座います！

カシワのお礼の言葉はお爺さんに聞こえないはずだったが、お爺さんは嬉《うれ》しそうに微笑んだ。

カシワの台座では一輪挿しを置くのに狭かったので、ヨモギは自らがいた台座を、その可愛らしい花に譲った。

「カシワにも、いつも頑張って貰っているからね。私が出来ることは、身体《からだ》を綺麗にしてやることと、こんなことくらいだけど」

――いやいや、充分ですから！

カシワは恐縮する。ヨモギがそのことを伝えると、お爺さんは可笑《おか》しそうに笑った。

「その花、俺が見つけたんだぜ！」

千牧は、白い花を前にして誇らしげに胸を張る。

――そっか。ありがとよ、犬神の……千牧だっけか。

「おう！」

千牧はカシワの声が聞こえたようで、嬉しそうに尻尾を振る。そんな姿を見てか、カシワから笑みが零《こぼ》れたような雰囲気がしたのを、ヨモギは見逃さなかった。

先ほどまで感じていたであろう兄の寂しさが、嬉しさと楽しさで上書きされたのを見て、ヨモギもまた、安心して和やかな雰囲気を味わったのであった。


朝食を済ませたヨモギは、居間で読書をしていた。出掛けるには早い時間だったので、いい時間になるまで、気になった本を読み進めておこうと思っていた。

本の内容は、ヨモギくらいの背格好の男の子が冒険をする物語だった。

近所を探索していたら、いつの間にか見知らぬ街に辿《たど》り着いていたのだという。そこには見たこともない生き物が人間のように生活をしていて、男の子は、そこが何処《どこ》でどうやって帰ればいいのか、異形の人々に尋ねるのだ。

「ヨモギ、その本はどうだ？」と千牧が尋ねる。

「すごく面白い。次はこの本のPOPを書こうかな」

「それ、児童書だっけ。うちのお客さんは大人が多いんじゃないか？」

「お子さんがいる人も多いだろうから、そういう人に向けて売れないかなと思って」

「おっ、成程。子供へのプレゼント用っていいな」

犬の姿の千牧は、ヨモギの背もたれになりながら尻尾を振った。ヨモギの身体は小さいので、寝そべっている千牧に寄りかかると、モフモフのクッションに身体を埋《うず》めているみたいだった。

「それはそうと、千牧君の毛並み、すごくいいね……」

ヨモギは、あまりの心地よさにウトウトしながら言った。本の中では、主人公の男の子が、親切な異形の人の家を案内されたところだった。慣れない土地で緊張の連続だった男の子は、そこでようやく、一息つけるのだ。

「毛並みがいいのは、大事にされてるからな。お前だって、いい毛並みのはずだぜ」

「自分で自分の毛並みって、よく分からないんだよね」

「そっかぁ。それじゃあ、今度触らせてくれよ。俺が十段階で評価してやるからさ！」

尻尾をパタパタ振る千牧に、「うん」とヨモギは頷いた。

評価が十段階だろうが何段階だろうが、もう、どうでも良かった。それほどまでに、千牧の身体は心地良かった。

本が手からずり落ちそうになるのを、ヨモギは慌てて持ち直す。

千牧の体温は湯たんぽのように温かく、呼吸をする度に上下する身体はゆりかごのようだ。それに加えて、新品のカーペットのような毛並みに包まれたら、どんなに強靭《きょうじん》な意志を持っていても、あっという間に眠りの世界へと陥落してしまうだろう。

現に、ヨモギの目の前の本の文字が躍り出し、意識は徐々に夢の世界へと誘《いざな》われる。最《も》早《はや》、異形の土地に迷い込んでしまった男の子の話が、本の中の出来事なのか、夢の中の話なのか分からない。ヨモギは、本を手放しそうになって慌てて起きるというのを、何度も繰り返していた。

「千牧君は、ひとを駄目にするタイプだね……」

「えっ、俺ってそんなにヤバい男みたいなのか⁉」

「ヤバいモフモフって感じかな……」

千牧自身に、魔性のクッションである自覚はないらしい。

やはり、自分の良さは自分では分かり難《にく》いのだとヨモギは思いながら、完全に意識を手放しそうになった。その時であった。

「ヨモギ、千牧」

物置の整理をしていたお爺さんがやってくる足音で、ヨモギはハッと目が覚める。

「おお。すまないな。眠っていたのを起こしてしまったか」

「ね、寝てないです！」

居間に顔を出したお爺さんに、ヨモギは慌てて首を横に振る。

「ヨモギ。ヨダレが出てるぞ」

「はっ！」

顔を覗《のぞ》き込む千牧に指摘され、ヨモギは慌てて口元を拭《ふ》く。手にしていた本も確認したが、幸い、無事だったようだ。

「ご飯を食べた後だと眠くなるのは仕方がない。私も、よくウトウトしているよ」

お爺さんはそうフォローした後、手にしたものをふたりに見せる。

「これは……」

「ビデオテープさ」

単行本ほどの大きさの黒いそれの背には、色褪《いろあ》せたラベルが貼《は》られていた。文字は消えかけていたが、辛うじて、運動会という単語は読めた。

「俺、見たことあるぞ。随分前に……！」

記憶の糸を手繰り寄せた千牧は、尻尾を振った。

それは、今となってはすっかり見かけなくなってしまったものだった。

現在は、スマートフォンの機能を使って簡単に日々の出来事を録画出来るが、昔は立派な専用機材を使って録画をしていたのだ。動画もまた、データではなく、テープに記録していたのである。

「そう。今ではもう、ほとんど見かけなくなってしまったかな。これは、私の息子が小学生の頃《ころ》の記録でね」

お爺さんは、懐かしそうに過去を振り返る。

お爺さん曰《いわ》く、可愛い息子のために、コツコツと貯《た》めたお金で、当時は最新だったビデオカメラを買ったのだという。それで息子の活躍を録画し、中古で何とか買ったビデオデッキで繰り返し見ていたそうだ。

その時は決まって、妻であるお婆《ばあ》さんも息子本人も一緒にテレビの前に集まって、その時の思い出を語り合っていたのだという。

ビデオは、一家団欒《だんらん》の手助けをしていたということか。

「そのビデオデッキも、かなり前に動かなくなってしまったけどね……。テープも何処に行ったかと思ったら、まさか、物置の中にまとめて仕舞ってあったとは……」

お爺さんは懐かしそうに、だが、残念そうにビデオテープをそっと撫《な》でる。

「そっか。ビデオデッキが無いと、そのテープに記録された動画は見られないんですね」

ヨモギもまた、残念そうにテープを見つめる。

今は、スマートフォンがあれば録画も再生も複製も出来るが、ビデオテープはそういうわけにはいかないらしい。

「なあ、ビデオデッキは修理出来ないのか？」

千牧は、何とかしてやりたいと言わんばかりに問う。だが、お爺さんは首を横に振った。

「うちにあったものは、直したり誤魔化したりしながら使っていたんだがね。どうにもならなくなって、処分してしまったよ」

「そっか……」

「新しいのは……」

ヨモギは、恐る恐る問う。お爺さんは、「どうだろうね」と困ったように笑った。

「テレビ番組の録画も、テレビ一つあれば出来るようになってしまったし、もう売ってないかもしれない」

「そう……ですか」

「息子の活躍が見られなくなってしまったのは残念だが、活躍を記録したテープが見つかったのは良かった。幸い、私の中には思い出があるからね。テープを見る度に、頭の中で思い出が再生されるから、それでいいんだよ」

お爺さんは、そう言って穏やかに微笑んだ。

だが、その目は何処か寂しそうだった。

物置の整理を続けようと、その場を後にするお爺さんの背中は、一層丸まって小さく見える。足取りは、後ろ髪を引かれているかのように重かった。

ヨモギと千牧は顔を見合わせる。ふたりとも、考えていることは同じだったようで、そっと頷き合った。

街のお店がぼちぼち開店になる頃、ヨモギと千牧はきつね堂を後にした。夕飯の買い出しも兼ねて、買い物に行くという名目で。

千牧は人間の姿になり、ヨモギの隣を歩く。何も知らない人が見れば、兄弟に見えるだろう。

「なあ、ヨモギ」

「うん」

「爺さんのビデオテープ、さ」

「僕も同じことを考えてると思う」

ヨモギはこくんと頷いた。

「ビデオデッキ、何処かに売ってないかな。秋葉原《あきはばら》が近いし、探せばあるんじゃないか？」

「あそこなら、リサイクルショップもあるみたいだしね。でも、見つけたところで僕達が買えるかどうか……」

「ヨモギは、幾ら持ってるんだ？」

「このくらい」

ヨモギは、ポケットに入れたがま口の財布を開いてみせた。千牧もまた、ポケットに手をねじり込んで小銭を出してみせる。

お爺さんは、ふたりにお小遣いをくれていた。ふたりが断っても、何かと入用だろうからと持たせてくれたのだ。

ふたりは主に、本やちょっとしたお菓子を買う程度にしか使っておらず、自然とお小遣いは貯まっていたのだが――。

「足りない、かな」

残念ながら、家電を買うほどの金額にはならなかった。

ふたりは、ガックリと肩を落とす。

「でもよ。ビデオデッキを見つけたら、爺さんに教えればいいんじゃないか？　要は、あのテープを再生出来ればいいわけだし」

「そうだね。もし見つけたら、お取り置きを頼もう」

千牧の意見に、ヨモギはこくんと頷いた。

「じゃあ、先《ま》ずは秋葉原に行けばいいかな。頼まれた夕ご飯の食材を持って行くのは、大変そうだし」

「だな。ちゃっちゃと行って、パパッと探そうぜ！」

千牧は尻尾を振らんばかりに走り出す。身体の小さなヨモギは、慌ててそれを追いかけた。

あまりにも天気が良く、太陽の陽気が心地好《よ》かった。すれ違った散歩中の犬も、ムクムクした毛皮をめいっぱいに膨らませて気持ちよさそうに歩いていた。

イヌ科のふたりは、少しでも長く外にいたいと思い、いつもと違うルートにフラフラと向かう。大きく迂回《うかい》をするように、神田駅方面へと。

いつもは大勢のビジネスマンとすれ違うが、今日は通行人もまばらで歩き易《やす》い。時々、スーツ姿で険しい表情をしている人を見かけるが、休日出勤を強いられているのだろうか。

そんな人達に、心の中で「お疲れさまです」と労《ねぎら》いの言葉を掛けながら、ヨモギは千牧と散歩を楽しんでいた。

日射《ひざ》しも心地いいし、散歩は楽しいし、これ以上の幸せはないのではないだろうか。

ヨモギは思わず、尻尾や耳を出しそうになる。

だが、その時だった。ヨモギの鼻先に、奇妙な臭《にお》いが過《よ》ぎったのは。

「ぎゃっ」

隣にいた千牧もまた、同じような状況だったようで、涙目になりながら鼻を押さえていた。

「何だ、今の妙に獣くさい感じ」

「これは、妖気《ようき》だね……」

ケガレの類《たぐい》は、腐ったおにぎりの臭いがするらしい。しかしこれは、強い獣の臭いだ。髪切りの時と少し似ているが、もっと生々しい。

恐らく、獣のアヤカシだろう。

ヨモギと千牧は、鼻をひくつかせて辺りを見回す。すると、スウェット姿のやけに毛深い男が、目の前を横切って行ったではないか。

「あのひと……かな？」

「多分……」

一瞬、ただの毛深くて体臭がすごい人間かとも思ったヨモギだが、そのお尻《しり》から、太い尻尾が見えたのに気付いた。

「あれ、人間に化けたカワウソだ」

「マジで？」

ヨモギの言葉に、千牧は目を丸くする。カワウソらしき男は、ふたりには気付かずに地下道へと入って行った。

「行っちゃった……」

「こんなところで、何してたんだろうな」

千牧は、首を傾げてみせる。

「僕達みたいに、人間社会に溶け込んでいるアヤカシかもしれないね。街中でいきなり遭遇するなんて思わなかったから、ビックリしたけど……」

それなら、わざわざ干渉する必要はない。向こうも平穏に暮らしているのなら、呼び止めるのは野暮というものだろう。

ヨモギはそう思ってその場を離れようとするが、千牧はカワウソらしき男が消えて行った方をじっと眺めていた。

「どうしたの？」

「んー。あの先に、何があるのかと思って」

「うーん。メトロかな？」

ヨモギは、地下道に掲げられた看板を見やる。どうやら、銀座《ぎんざ》線の神田駅に繋《つな》がっているらしい。

「千牧君、メトロは乗ったことないの？」

「ねーな。仕事中の犬じゃないと車両に入れないだろ」

「入れないこともないと思うけど、多分、ケージに入れないと駄目だと思う」

じゃあだめだ、と千牧は頭を振った。

「そっか。お爺さんに拾われるまでは、お金もなかったもんね。自動車はヒッチハイク出来ても、メトロは無理だし。……折角だし、乗ってみる？」

「いいのか？」

千牧は尻尾を振らんばかりに歓喜する。その無邪気な様子を見て、ヨモギは思わず笑みが零れた。

「うん。秋葉原とは反対方向に来ちゃったし、メトロで戻ろうか。確か、銀座線は秋葉原を通ってないから、末広町《すえひろちょう》で降りることになるかな。そこから徒歩で秋葉原まで行って、神田に戻って来よう」

「やったー！　ヨモギの太っ腹！」

「えっと、電車代は自分で出してね……」

無邪気にはしゃぐ千牧を前に、弟が出来たみたいだと思いながら窘《たしな》めた。通行人が何やら微笑ましそうな目でこちらを見つめていたので、ヨモギは苦笑を漏らす。

「ヨモギは、地下鉄に乗ったことがあるのか？」

地下に続く階段を下りる時に、千牧が問う。

「ううん。初めて」

「それなのに、そんなに冷静なのは凄《すご》いな」

「なんか、僕の分まで千牧君が興奮してくれてるから……」

「えっ、俺のせい⁉」

千牧は、ぎょっとした顔をする。

「い、いや、せいってわけじゃ……！　冷静なのって悪いことじゃないし」

それこそ、ふたり揃《そろ》ってはしゃいでしまい、末広町とは反対方面に行っては大変だ。メトロの駅と駅はそれほど距離がないとはいえ、何駅も徒歩で移動するのは骨が折れる。

「ヨモギはポジティブだなぁ」

「それは千牧君にも言えたことだけど」

「じゃあ、ふたりでポジティブってことで！」

千牧は、楽しそうに歯を見せて笑った。ヨモギもまた、千牧につられるように笑う。

千牧と一緒にいる時間は楽しい。お爺さんやカシワといると安心するけれど、千牧とはそれと違った良さがある。

お爺さんやカシワは家族という感じだけど、千牧は友達という感じなのかな、とヨモギは思った。

（友達も、千牧君が初めてだなぁ……。菖蒲さんは、友達っていうよりも先輩って感じだし）

しみじみとそう思いながら、階段を下り切った。

「おっ」と声をあげる。


「あっ」

するとと、あのカワウソと思しき男の背中が見えた。千牧もまた、「おっ」と声をあげる。

「あいつも、地下鉄に乗るのかな」

「いや、違うみたい……」

カワウソと思しき男は、改札方面には目もやらず、地下道をのそのそと往《ゆ》く。ヨモギと千牧は、顔を見合わせた。

「気になるね」

「気になるな」

ふたりは地下鉄を後回しにし、男をコッソリと追いかける。勿論《もちろん》、足音を忍ばせて。

「この先に家でもあるのかな」

千牧はそんなことをのたまう。気を抜けば迷ってしまうほど、地下道は入り組んでいた。天井も低く、時折、電車が通る音と生暖かい風が過ぎる。生暖かい風が頰《ほお》を撫でる度に、ヨモギと千牧は首を引っ込めた。

地下は、神田という街の体内のように思えて来たし、天井に張り巡らされた配管は血管みたいだと、ヨモギは思った。

「こっちは、須田町《すだちょう》の方かな」

ヨモギは、頭の中にある地上の地図を、地下の様子と照らし合わせてみる。

「なんか、獣臭さが強くなってるな。妖気がむんむんしてるぜ」

鼻をひくつかせていた千牧は、警戒するように前方をねめつけた。

カワウソらしき男が向かう先から漂う妖気は、ヨモギも感じていた。心なしか、通路の照明が暗くなり、空気が淀《よど》んで来た気がする。

「千牧君、用心しよう」

「だな」

同じアヤカシなら、無体を働かれることはないだろうが、用心するに越したことはなかった。徐々に濃くなる獣の臭いを浴びながら、ふたりはカワウソ男を追う。

そして、幾つの角を曲がり、幾つの分かれ道を通過したか分からなくなった頃、目の前の風景が、ガラッと変わった。

「あっ……、これは……」

「商店……街……？」

ヨモギと千牧は、目を瞬《まばた》かせる。

通路の延長上に、ずらりと店が並んでいた。

低い天井に室外機を取り付け、外に看板やらゴミ箱やら冷蔵庫が雑多に置かれている。

看板を見ると、カレー屋やら蕎麦《そば》屋やら、飲み屋やらが所狭しと並んでいるようだった。

商店街になっている通路には、人間はいなかった。

だが、アヤカシならばいた。

先ほどのカワウソ男も、すっかり太い尻尾と小さな耳を出していて、二足歩行の毛むくじゃらのカワウソになって歩いている。ちらほらと見える他の通行人も、獣の耳が生えていたり尻尾が生えていたりするのがほとんどだった。

「アヤカシの商店街……なのかな？」

ヨモギは首を傾げる。「それっぽいな」と千牧は頷いた。人間の領域でなさそうなことを確認すると、ふたりとも、出すのを我慢していた獣の耳をひょっこりと出す。

「みんな、獣がアヤカシになったタイプかな。僕達というより、菖蒲さんと同じパターンなのかも」

「だな。だからこそ、獣臭かったんだ」

ヨモギの推測に、千牧も納得顔だった。菖蒲は気を配っているためか、獣臭さはあまりないが、獣が化けた類のアヤカシは、強い臭いがすることが多い。

店構えは何処もレトロで、ふた昔くらい前の佇《たたず》まいだ。看板も色褪せているし、中には、壊れた看板を無理矢理ツギハギして使っている店もある。

令和の時代から、取り残されたような場所だった。それこそ、お爺さんが若かった時代のような雰囲気だ。

「古いものばっかりだな。それこそ、スマートフォンが出来るなんて想像してなかった時代のものしかないみたいだ」

千牧は、飲み屋と思しき店先に貼ってある、古いポスターを眺めて言った。

「あっ、もしかして」

ヨモギはあることを思い付く。

「こんな場所だったら、ビデオデッキを売ってるかも！」

「そっか！　あれもそんな時代のものだもんな！」

ヨモギと千牧は、ピンと耳を立てる。

そうと決まれば、善は急げだ。いつでも乗れる地下鉄なんて後回しだ。

ヨモギと千牧は、レトロな地下街へと足を踏み入れる。

地下街の入り口には掠《かす》れた文字で、『須田町ストア』と書かれていた。この商店街の名前だろうか。そのお陰《かげ》で、ここは須田町の地下なんだなと、ヨモギは改めて感じることが出来た。

建ち並ぶ店を見やるが、やはり、何処もレトロで、何処にも人間の姿は見当たらない。そこら中から妖気が漂い、獣のムッとした臭いが立ち込めていた。

毛むくじゃらのアヤカシ達が、飲み屋の前に出されたテーブルを囲み、昼間から酒盛りをやっている。「あんちゃん達もどうだ！」と横切ろうとした時に徳利《とっくり》を勧められたが、ヨモギは「え、遠慮しておきます」と丁重に断った。

「酒かぁ」

千牧は、少しだけ名残惜しそうな顔で通り過ぎる。

「飲みたかったの？」

「いや。匂《にお》いを嗅《か》ぐだけで酔っ払うから、飲むのはナシ」

匂いは気になった、と千牧は鼻をひくつかせる。

「ヨモギは、酒飲めるのか？」

「まあ、ちょっとだけ」

「へえ、意外だな」

「こ、こんな姿だけど、僕は子供じゃないからね。概念的には、子供なのかもしれないけど……」

「分かってるって」

千牧は歯を見せて笑った。

「立場上、お供え物として貰うしな。折角だから、さっきのひとからも貰ってきたらどうだ？」

「お酒は、お祭りとかの特別な時だけでいいよ」

ヨモギは苦笑する。

一方、酒盛りをしているアヤカシ達は、酒を飲みながら管を巻いているようだ。ヨモギと千牧は、去り際に耳をそばだててみる。

「今の時代は本当に住み辛《づら》いな」

「まさにその通り。人間が持っている、面妖な板切れ。あれで動く写し絵が作れるそうじゃないか」

「しかも、あの板切れは真実を写すらしい。お陰で、化かして脅して、荷物を剝《は》ぐことが困難になってしまった……」

毛むくじゃらのアヤカシ達は、一斉に溜息を吐く。その輪には、あのカワウソ男も入っていた。

「置行堀《おいてけぼり》みたいなことをしてたのかな」とヨモギは千牧に耳打ちをする。

「だな。あいつら、人間に作用する妖術を使うタイプなのかな。だったら、スマートフォンは強敵だよなぁ」

千牧も、同情するように言った。

人を化かすと一言で言っても、様々な手法がある。光の屈折に作用して、周囲から見える姿を変えるものもいれば、観測者本人の精神に働きかけて、観測者だけを惑わすものもいる。管を巻いているアヤカシ達は、後者なのだろう。

本所七不思議の一つである『置行堀』の真似《まね》をして、人間の前に化けて出て、驚いた人間が置いて行ったものを奪うという、追いはぎのアヤカシらしい。

人間からしてみれば悪事だが、彼らにも事情があるのだろうとヨモギは思っていた。

「あのひと達、元々、下町に住んでた生き物かもしれないね」

「だな。だいぶ古株っぽいし」

ヨモギの予想に、千牧もまた頷いた。

「この辺が開発された時、出て行けなかった連中かもな」

「うん……。出て行くタイミングを失ってしまったのか、それとも、出て行きたくなかったのか……」

その土地がどう変化しようと、生まれ育った土地から去ることが出来ず、留《とど》まってしまうアヤカシがいるのだろう。彼らは、変化する街でなんとかやりくりしていたが、今は大変なのかもしれない。

「そういうひと達が、集まっているのかな」

「かもな」

千牧は、鼻をひくつかせながら頷いた。

「あんまり、邪魔をしないようにしようぜ」

「うん」

千牧とヨモギは、足早になりながら、目ぼしい店はないかと探し回る。

しかし、飲み屋や食堂がほとんどで、酒を飲んだりイモリだかヤモリだかの黒焼きを食べたりしているアヤカシ達がいるばかりだ。

「ビデオデッキがありそうなところ、見つからないね……」

「食い物屋なら、においで分かるんだけどな。電気屋ってどんなにおいがするんだ？」

「うーん。鉄のにおい……？」

ヨモギもまた、小さな鼻をふんふんと鳴らしてみせる。すると、酒と焼いた肉の匂いに混じって、錆《さ》び付いたような臭いがした。

「あっ」

「見つかったか？」

「分からない。でも、食べ物屋さんじゃないにおいがする」

ヨモギは、そのにおいの元を探って小走りになる。千牧もまた、「くそー、今回の嗅覚《きゆうかく》勝負ではヨモギが勝ちかー」と呻《うめ》きながらそれに続いた。

「ここからだ」

ヨモギは足を止め、千牧もそれに倣う。そして、ふたりして絶句した。

ふたりの前にあったのは、ガラクタにまみれた店だった。

「いや……、店……でいいのかな？」

「店……なんだと思うぜ、一応……」

ヨモギと千牧は戸惑う。

何せ、その店の入り口は、かなり古いデスクトップパソコンや、ブラウン管テレビ、レコードプレイヤーやカセットプレイヤーなどが積み重なって、ほとんど隠れてしまっていた。一応、天井の配管から看板はぶら下がっているのだが、文字がすっかり掠れて読めなくなっていた。

「でも、ここならば、ビデオデッキはあるかも。古い家電も置いているしね」

ヨモギは、目を希望で輝かせる。

「だな。これ、掘り起こさないといけないだろうけど」

千牧は、雑多に積み重ねられた家電の間に捻《ね》じ込まれている、洗濯機のホースと思しきものや、二、三本が絡んでいると思われる延長コードを眺めながら、困ったように唸《うな》る。

そんなふたりに、第三者の影が差した。

「おい」

振り返るとそこには、先ほど飲み屋で置行堀談義をしていた毛むくじゃらのアヤカシのひとりがいた。薄汚れた布をフードのように被《かぶ》っているが、イタチのような顔立ちで、布越しに小さな獣の耳が生えているのも分かる。

「妙なのがやって来たなと思ってついて来てみれば、そこで何をしている。うちの商品を盗んで行く気か？」

「い、いいえ！　滅相もない！」

「そうそう。俺達は探しものをしてただけだぜ！」

ヨモギと千牧は、ぷるぷると首を横に振った。

だが、そんな最中《さなか》、ヨモギは目の前のイタチのような相手に違和感を覚えていた。

イタチのようだと思ったが、どうも雰囲気が違う。顔の真ん中に白い毛が生えているし、目も大きくてつぶらだ。

醤油《しょうゆ》顔というよりは、ややソース顔か。

「もしかしてあなたは、ハクビシン……？」

問われた獣のアヤカシは、堂々と胸を張る。

「ああ。今年で百二十歳になるハクビシンのアヤカシよ」

ハクビシンは、前脚で髭《ひげ》をピンと弾《はじ》いて誇らしげにしてみせた。

「ハクビシンって、外来種じゃねーか！」

千牧は目を丸くする。だが、ハクビシンは「失礼な！」と、千牧の鼻先を叩《たた》いてみせた。

「いてっ」

「俺は東京で生まれたんだ。生粋の江戸っ子よ！」

「ハクビシンって、江戸時代にはもう、日本にいたみたいですしね」

叩かれた鼻先を押さえる千牧に苦笑しつつ、ヨモギは言った。

「ほほう。よく知っておるな」

「お爺さん……えっと、家族が持っていた本で読んだんです」

「ふむ。博識な若者は好きだ。今後とも精進しろよ」

「はぁ……」

何目線なんだろうと思いながら、ヨモギは生返事をした。

「最近の人間は物を知らぬ連中が多くてな。先日も、街を歩いていたら、『野生のカワウソだ、可愛い～』とかぬかして珍妙な板を向けてきおって……」

ハクビシンは、顔の真ん中にぎゅっと皺《しわ》を寄せ、牙《きば》を見せながら不機嫌そうに唸った。

「確かに、カワウソとはかなり違いますよね。イタチならともかく……」

「イタチとも違うわ！」

ハクビシンは、前脚でヨモギの鼻先を叩く。

「いたいっ」

「我らは、ジャコウネコ科ハクビシン属だ！　イタチ科ではない！」

ハクビシンは、くわっと牙を剝《む》き出しにして吼《ほ》えた。

「ネコ科？　物静かな火車とは全然違うタイプだな……！」

「ジャコウネコ科だ！」

ハクビシンは、シャーッと千牧を威嚇する。イヌ科ふたりは、鼻を押さえながら一歩下がった。

「ふむふむ。においからして、お前達はイヌ科だな。古くから人間に媚《こ》びへつらう卑《いや》しき者達よ……」

「犬は一万年と五千年前から共生しているので……」

正確には、狐《きつね》は違いますけど、と注釈《ちゅうしゃく》を入れつつ、ヨモギは答えた。

「でも、猫だって人間と一緒に暮らしてるじゃないか」

赤い鼻で不貞腐《ふてくさ》れる千牧であったが、「猫じゃない！」とハクビシンは猛烈な勢いで威嚇する。

「え、えっと、イヌ科とネコ科の話はさて置いて」

ヨモギは、収拾がつかなくなりそうだなと思いながら、ふたりの間に割って入る。

「僕達、探しているものがあるんです」

「おお、そうだった！　ビデオデッキを探してるんだ！」

千牧も、当初の目的を思い出したようで、ヨモギの言葉に大きく頷いた。

「ビデオデッキだぁ？　そんな物、何に使うんだ」

ハクビシンは、つぶらな瞳《ひとみ》から胡乱《うろん》な眼差《まなざ》しを送りつつ、ふたりを見つめる。

「実は……」

ヨモギと千牧は、ハクビシンの店主に事情を話す。

自分達が世話になっているお爺さんの思い出は、ビデオテープの中にあること。そして、それを再生するにはビデオデッキが無いといけないこと。だけど、浮世ではビデオデッキを手に入れるのが難しいことを。

それを聞いた店主は、鼻をひくつかせながら、山積みになった家電の中をガサゴソと探る。そして、平たい箱形の重そうな機材を取り出した。

「あっ、それだ！」

千牧は耳をピンと立てて、目を輝かせる。

店主が取り出したものは、紛れもなくビデオデッキだった。だが、使用感もあり、電源のコードはねじれていて、動くかどうか、怪しい代物だった。

「こいつは人間が使ってたやつだな。多少ガタついているが、それなりに使える。思い出のビデオを再生するくらいなら、何とかなるだろう」

「本当ですか⁉」

ヨモギもまた、目をキラキラさせた。

「やったな、ヨモギ！」

「これでお爺さんも喜ぶね！」

千牧とヨモギは、思わずハイタッチをする。そんなふたりに、「だが！」と店主は釘《くぎ》を刺した。

「当然だが、タダではやらん」

「えっと、お幾らですか……？」

ヨモギは、恐る恐る尋ねる。すると、店主は山積みになった家電の端に置かれていた算《そろ》盤《ばん》を弾き、代金を示した。

「おっと……」

千牧は息を吞《の》む。ヨモギもまた、困ったように眉根《まゆね》を寄せた。

ふたりの所持金を合わせても足りない。しかし、中古品なので、新品よりは安いはず。

そして、秋葉原でまともな中古品を探すよりも、手軽に入手出来そうだ。

ふたりは、顔を見合わせた。浮世の店ではないので、取り置きをして貰ってお爺さんが買いに来るというのは無理だろう。

「俺も浮世に出入りしている身でね。何かと御足《おあし》が入用なのさ」

店主の言うことは尤《もっと》もだ。ヨモギも千牧も、金銭に固執するタイプではないのだが、浮世で本を買うにも、美味《おい》しいものを食べるにも、お金が必要だった。アヤカシ同士ならば、物々交換で済むこともあるのだが。

「あっ……、そうか」

ヨモギは閃《ひらめ》く。店主に歩み寄ると、深々と頭を下げた。

「あの、僕達は浮世のお店のお手伝いをしているんです。だから、その経験からこちらのお店のお役に立てると思いまして」

「ほう？」

店主は、つぶらな瞳を更に丸くして、興味深げに髭を揺らした。

「どういうことだよ」と千牧はヨモギのことを小突く。ヨモギは、千牧に耳打ちをした。

「お金はないけど、お金を稼ぐお手伝いは出来ると思って」

「具体的には、どうするんだ？」

「まあ、ちょっと見ててよ」

ヨモギは、キリッと表情を引き締めると、店主と向き直った。

「失礼ですが、このお店には、あまりお客さんがいらっしゃらないのではないかと思いまして」

「本当に失礼だな！　……だが、その通りだ」

店主は、悔しそうに頷いた。客が少ないからこそ、昼間から店番もせずに酒を飲みながら管を巻いていたし、手っ取り早くお金が欲しかったのだという。

「このお店、一見しただけでは、やっているのかどうか分からないですし、もう少し分かり易くすれば、お客さんも入るかなと思いまして」

「ああ、確かに。俺達みたいに、今は使われなくなっちまったものを探してるアヤカシもいるだろうし」

千牧もまた、うんうんと頷いた。

「うーむ」と店主は唸る。説得するにはもう一息だと、ヨモギは更に迫った。

「折角、需要がありそうな商品があるのに、勿体《もったい》無いですよ」

需要がありそう。勿体無い。

その二言が、店主の心を動かした。

「そ、そうか。それじゃあ、お前達に頼んでみるか」

店主が了承すると、ヨモギと千牧は嬉しそうに顔を見合わせた。そんな中、「ただし」と店主は念を押す。

「お前達に店を弄《いじ》らせた後、効果があったらビデオデッキを無料で譲ってやる。効果が無かったら、代金をきっちりと貰うからな」

つまりは、集客効果が無ければ、タダ働きということである。

「やります」

ヨモギの決意は、揺らがなかった。「俺も俺も！」と千牧もやる気を出す。

ふたりの意見は、一致した。

こうして、ヨモギと千牧の店先改造計画が始まった。

家電——というかジャンクの山は店の奥まで詰まっていて、搔《か》き出すのすら至難の業だ。

狭いところは身体が小さなヨモギが潜り込み、大きなものは力持ちの千牧が動かす。

「レトロなものがいっぱいだね」

「だな。俺がいたうちにあったものばかりだ」

「犬養《いぬかい》さんのおうち、古いところだったみたいだしね」

千牧は「ああ」と頷き、これがレコードプレイヤーで、これはMDプレイヤー、と雑多に置かれた家電を簡単に解説してくれた。

「どうして、こんなにレトロなものを集めてるんだ？」

千牧は、ハクビシンの店主に問う。短い前脚を組んで、仁王立ちになっていた店主は、こう答えた。

「まだ使えるのに捨てられてたから、可哀想《かわいそう》になって持って帰って来たんだよ。そしたら、いつの間にかこんなになっちまった」

「へー、優しいんだな」

「そうかぁ？　俺はただ、いつか自分もそうなっちまうのが嫌なだけだ」

時代は常に流れている。新しいものが、いつか古いものになり、置いて行かれるのは必然のことだ。

話を聞いていたヨモギは、きつね堂を重ねてしまう。

「だったら、余計にこの商品の買い手を見つけなきゃいけませんね。新しい持ち主さえ現れれば、置いて行かれたことにならないから」

「そうだな」

店主は深く頷いた。

きつね堂だって、今を生きるお客さんが少しずつついている。そのお陰で、ちょっとずつ前に進めているはずだ。

（頑張らないと）

ヨモギは更に使命感に燃える。

このお店に並ぶ品々も、きつね堂のように今を生きるお客さんに手に取って貰いたい。

この店に来るのはアヤカシだけかもしれないけど、彼らも、今を生きていることには変わりがないから。

そういう気持ちが、ヨモギの心に火をつけた。

先ずは、積み上がった品物で作られた山を切り崩し、品物をずらりと並べてみる。被っていた埃《ほこり》を払いつつ、大きくて人目を惹《ひ》くものを店頭に置き、後はジャンルごとに並べてみた。

「なんだよ。洗濯機はここにあるじゃん」

千牧は、別の場所に紛れていたホースを、洗濯機に付けてやる。他にも、パーツがバラバラになっている家電が幾つかあり、ヨモギと千牧は鼻を利かせながら探し当てた。

「はなさかじいさんの犬になった気分だぜ」

千牧は、埃を吸い込んだせいで軽くくしゃみをしながら言った。

「あの昔話に出てくる犬って、すごいよね。死しても尚《なお》、お爺さんの幸せのためになるなんて。僕は憧《あこが》れちゃうな……」

積み重なった家電の山から発掘した掃除機の埃を払いながら、ヨモギはぽつりと言った。

そんなヨモギの肩を、千牧はぽんぽんと叩く。

「俺達も、そういう犬になろうぜ！　先ずは、この店のな！」

「ははっ、僕は犬じゃないけどね」

千牧の前向きな姿勢が、ヨモギの背中を押してくれる。お店を綺麗にする作業は、決して楽なものではなかったけれど、千牧のお陰で楽しかった。

「商品の値段、これじゃ分からないよね。値札を貼った方がいいかな」

「いっそ、ＰＯＰみたいにしたらいいんじゃないか？　字は大きい方がいいだろ」

「目が悪いひともいるかもしれないし、インパクトがあるしね。そうしよう」

ヨモギは、店主から極太のペンと厚紙と鋏《はさみ》を借り、値札を作る。

インパクトを出すために赤い文字で書いたり、文字に沿って厚紙を切ったりと、値札に工夫を凝らす。一見すると用途が分からないようなものには、『音楽好きの人に是非！』とか、『ボタン一つで衣服が洗える！』などと一言の説明を添えた。

そうしているうちに、店の出口はちゃんと窺《うかが》えるようになり、何処に何が陳列されているのかも分かるようになった。

「ふう。だいぶ店っぽくなったかな」

千牧は汗を拭《ぬぐ》う。ヨモギもまた、ホッと一息ついた。

「そうだね。最初の頃よりは、分かり易くなったかも」

消えかけた看板の文字も、ちゃんと書き直しておいた。どうやら、この店は、中古家電屋だったらしい。

「おお……」

すっかり綺麗になった店先を見て、店主もまた感嘆の声をあげていた。

「ど、どうでしょう」

ヨモギが、恐る恐る尋ねる。しかし、「まだだ」と店主は言った。

「まだ、客が来ていないからな。効果があるか分からんぞ」

「ちぇ、ここまでやったんだから、くれればいいのになぁ」

ぼやく千牧を、「まあまあ」とヨモギが窘める。

そうしているうちに、飲み屋で管を巻いていたと思しき、カワウソのふたり組がやって来た。

彼らもまた、人間のように二足歩行で、服を纏《まと》っている。浮世に出る時は、人間に化けるアヤカシなのだろう。

そんな彼らは、すっかり見違えた様子になった店の前で、立ち止まった。

「なんだ。こんな店あったっけ」

「うちの店だ」

不思議そうなカワウソ達に、ハクビシンの店主は言った。すると、彼らは目を丸くする。

「お前、店なんて持ってたのか……！」

「というか、ここはゴミ溜《だ》めじゃなかったのか！」

口々に好き放題のたまうカワウソ達に、「何処がゴミ溜めだ！」とハクビシンの店主は牙を剝く。

「いや、だって、前の佇まいはどう見たって……」

「まあ、今は店っぽいけど……」

少々及び腰になりながら、カワウソ達は髭を揺らしながら店先を見やる。レコードプレイヤーを突《つつ》いてみたり、デスクトップパソコンのディスプレイに顔を映したりしていた。

「面妖なものを売ってるなぁ」

「キカイだろ。俺にはちょっと難しいなぁ」

カワウソ達は首を傾げる。

ヨモギと千牧は顔を見合わせた。今の品揃えでは、彼らのニーズは、満たせないのだろうか。

「ボタンを押したり、機械の画面を見たりするのが大変なんだよな。螺子《ねじ》を回すくらいなら出来るんだけど」

「それなら、お客さま」

ヨモギは、反射的に口を挟む。

カワウソ達が目を丸くしてヨモギの方を見やり、ヨモギは出過ぎた真似をしたかなと後悔もしたが、最早、後戻りは出来なかった。

「こちらの懐中時計はどうでしょう？　針時計ですし、螺子巻き式なので、ボタンを押したりデジタルの画面を見たりする必要はありません」

ヨモギが店の中から取り出したのは、中古の懐中時計だった。だが、蓋《ふた》の部分に小さな傷がある以外は、目立った不具合もなく、動作もしっかりしたものだった。

「おお。懐中時計か！」

カワウソ達の表情が、パッと輝く。

「人間達は、太陽じゃなくて時間で動くからな。浮世で生活する時には、これがあると便利なんだ」

カワウソはヨモギから懐中時計を受け取り、前脚でしっかりと鎖を握って掲げてみせる。

アンティークの懐中時計は、地下街の蛍光灯の光を受けて誇らしげに輝いた。

「螺子巻き式と言ったな？」

「そうです。動かなくなったら、こうやって螺子を巻いてやると動くようになります。まあ、動かなくなる前に巻いてあげるのが一番なんですけどね。一日一回、朝起きた時に巻いてあげるとか」

ヨモギは、カワウソ達に実演してやる。カワウソ達は、それを「ほほう」「なるほど、なるほど」と感心したように眺めていた。

「よし。これを頂こう」

片方のカワウソは、黒目がちな瞳を大きく見開いて決断した。それを聞いたヨモギもまた、ぱっと表情を輝かせる。

「有り難う御座います！」

ヨモギがお会計をしていると、別のカワウソは懐中時計を羨ましそうに見つめていた。

「あんたも、アレが欲しかったのか？」と千牧が問うが、カワウソは首を横に振った。

「いや。俺はそこまで時間に縛られていないからいい。でも、時間が経《た》つのが遅くなればいいと思うことはあるな」

「時間が経つのが遅くなればいいって？」

「夏になると、生ものは足が早いだろ。昔みたいに人間から釣った魚を奪えない分、自分で捕らないといけねぇ。だけど、毎日同じ量だけ捕れるわけじゃないし……」

「ああ、保存しておけるものが欲しいわけか！」

千牧はぽんと手を打つ。「その通り！」とカワウソは目を輝かせた。

「それじゃあ、冷蔵庫なんてどうだ」

「あれは高くないか……？　大きいし……」

カワウソは眉根を寄せる。

しかし、千牧が持って来たのは、ワンドアの小さな冷蔵庫だった。ドアは緑色で、その控えめな色合いは古き良き時代を思い起こさせる。

「これ、昭和の頃に発売されたやつなんだってさ。まだ使えるし、お値段もお手ごろだし、いいんじゃないか？」

「おお、この大きさでこの値段ならば、うちにもピッタリだ……！　魚も、魚籠《びく》よりたくさん入れられる！」

カワウソは目をキラキラさせながら、購入を即決した。

片方のカワウソは懐中時計を片手に、もう片方のカワウソは冷蔵庫を背負って、感謝の言葉を述べながら商店街の奥へと去って行った。

その様子を、ハクビシンの店主は啞然《あぜん》として見送っていた。

「お客さん、来てくれましたね」

「やったな！」

ヨモギと千牧は、先ほどの売り上げを店主に手渡す。店主は肉球がある手の平にお金を乗せられて、ハッと我に返った。

「お、お前達、どんな妖術を使ったんだ⁉　ここ数年間、客はひとりも来なかったのに！」

「妖術は寧《むし》ろ、皆さんの方がお上手かと……」

ずいずいと迫る店主に、ヨモギはのけぞりながら答える。

「言っただろ？　俺達は浮世の店を手伝ってるって。そのやり方を試しただけだって」

千牧は、ふたりの間に割って入りながら答えた。

「そうか……。人間の真似事をするには、まだまだ勉強が必要なようだな」

店主は何度も頷きながら、店内からビデオデッキを抱えて持ってきた。

「ありがとよ。これで、店をやっていけそうだ。ほら、約束のものを持って行け」

「有り難う御座います！」

ヨモギと千牧は、ビデオデッキを丁寧に受け取る。店主は親切にも、色褪せた解説書も添えてくれた。ビデオデッキには、今も健在な日本のメーカーのロゴが入っていた。

「お前達には無礼を働いてすまなかったな」

「いえいえ。無礼だなんてそんな……」

ヨモギ達は、打って変わって低姿勢になった店主に戸惑う。店主は腰を低くしながら、ヨモギ達に言った。

「お前達が、うちで働いてくれれば頼もしいんだが……」

「ははは……。お気持ちは嬉しいんですけど、僕達が手伝っているお店を放《ほう》り出すわけにはいかないので」

「そうそう。今の店でやるべきことが、まだまだ残ってんだよ」

ヨモギの言葉に、千牧も大きく頷いた。ハクビシンは、「そうか……」と残念そうに、しかし、素直に引き下がる。

「帰る前に、お前達が何者か聞いてもいいか？　これほどまで見事な手腕ならば、さぞ名のある店に仕えているのだろう」

ハクビシンの店主の言葉に、ヨモギと千牧は顔を見合わせる。そして、声を合わせてこう言った。

「稲荷書店きつね堂の書店員です」と。

帰宅する頃には、すっかり夕方になっていた。慌てて買った夕食用の食材を手に、ヨモギと千牧は駆け足で帰る。

「遅くなってすいません」と帰宅したふたりを、お爺さんはいつもの笑顔で迎えてくれた。

ちょっと心配したけど、ふたりはしっかり者だから夕飯の仕度をする時間には帰って来るだろうと思っていたと、お爺さんは、ふたりの頭を優しく撫でてくれた。

そんなお爺さんに、ふたりはビデオデッキを見せる。

事の経緯をかいつまんで話すと、お爺さんは目を丸くして驚き、そして、嬉しそうに破顔した。

「そうか……。私のために……。有り難う、ふたりとも」

その気持ちが一番嬉しい、とお爺さんはその日の夜、とびっきり美味しいカレーを作ってくれた。よく息子に作っていたという甘口のカレーを、ヨモギと千牧はあっという間に平らげてしまった。

「さて、ふたりがくれたビデオデッキ、早速使わせて貰おうか」

夕飯を終えると、お爺さんは、物置から段ボール箱を持って来た。

重そうにしていたので、ヨモギと千牧もそれを手伝う。中には、ビデオテープがたくさん入っていた。

「わっ……、いっぱいある……」

「そう。息子のビデオは、この中に入っていたんだよ。他にも、学芸会や入学式のビデオがあってね。——さて、再生出来ればいいんだが」

デッキよりもテープの方が心配だ、と呟きながら、お爺さんは電源を入れたビデオデッキにテープを入れる。テープを少し差し込むと、デッキは空腹だと言わんばかりにテープを勝手に飲み込んだ。

外部接続のチャンネルに切り替えたテレビ画面を、お爺さんとヨモギと千牧は、固唾《かたず》を呑んで見守る。

すると、暗かった画面が、唐突に明るくなった。

「あっ」

青空の下で、大勢の体操着姿の少年と少女が走っている。赤の帽子と白の帽子を被った彼らを前に、「運動会のビデオだよ」とお爺さんは言った。

画面の端の方の映像は、少し歪《ゆが》んでいたし、ノイズがチラチラしていたし、色もそれほど鮮やかではないし、音も籠《こも》り気味だ。

それでも、画面の向こうで、とっくの昔に成人してしまった人達が少年や少女のまま、活《い》き活きと走っているのは充分に堪能出来た。

「おっ。この男の子って、もしかして！」

千牧は、思わず尻尾を飛び出させ、パタパタと振った。

画面の中心に、きりりと凛々《りり》しい表情をした男の子が映ったのだ。

ヨモギもまた、画面を食い入るように見つめる。その男の子の顔は、何処かお爺さんに似ていたから。

彼はピストルの音とともに、他の生徒と一斉に走り出す。疾走する彼は、あっという間に他の生徒と差をつけて、一位で堂々とゴールした。

男の子は笑顔でこちらに駆け寄る。

そして、こう言った。「やったよ、お父さん！」と。

「私の息子だよ」

お爺さんは、画面から目を離さずに答えた。

「へー、可愛い息子さんだな！」

「ふふっ、本当に」

千牧は尻尾を振り、ヨモギは顔を綻《ほころ》ばせる。

画面の中の男の子が去ると、お爺さんはようやく画面から視線を外して、ヨモギ達に向き直った。

「ああ。自慢の息子だ。家を出た後も、ちょくちょく連絡をくれてね。元気にやっているそうだよ」

この前は、見守りサービスとやらを導入しようかと相談されたという。息子の話をするお爺さんは、笑い皺を顔に深く刻み込み、とても幸せそうだった。

それを見たヨモギと千牧もまた、つられるように顔を綻ばせる。

「まあ、ヨモギと千牧も息子のようなものだけどね」

「お爺さん……」

「爺さん……！」

ふたりの頭を撫でるお爺さんの手は、しわしわだったけど、温かかった。「勿論、カシワも」と、お爺さんはカシワが鎮座している方に向かって付け足すのを忘れなかった。

お爺さんとヨモギと千牧は、皆で並んで、お茶を啜《すす》りながら、残りのビデオを鑑賞する。

お爺さんの息子は、学芸会では、『竹取物語』の翁《おきな》の役を、手作り感溢《あふ》れる付け髭をして一生懸命演じていた。入学式では、真新しいランドセルを背負ってはしゃいでいた。

お爺さんは、時には笑顔で、時にはほろりと涙しながら、息子の思い出をつぶさに眺めていた。

ビデオの映像の中には、お爺さんの妻であるお婆さんの姿もあった。お婆さんと言っても、映像の中の彼女は若かったけれど。

ちょっと小柄で、優しそうな顔立ちの女性だった。息子とカメラの向こうにいるお爺さんを、いつもニコニコと微笑みながら見守っていた。

「……有り難うな」

お爺さんは、不意に呟いたかと思うと、ヨモギと千牧をぎゅっと抱き寄せた。

「お前達のお陰で……、また、思い出が鮮明になったよ。歳《とし》のせいか、今まではかなりおぼろげだったがね。これで、妻への土産話が増えた……」

お爺さんの声は震えていた。ヨモギ達からお爺さんの顔は見えなかったけれど、ヨモギの額に温かい雫《しずく》が落ちたような気がした。

「お爺さん……」

ヨモギもまた、お爺さんをぎゅっと抱き返す。

「記憶がおぼろげなのは、仕方がないって。何十年も前の話だろ？　俺だっておぼろげだもん」

千牧は、お爺さんの背中をぽんぽんと叩きながら、白い歯を見せて笑った。ヨモギもまた、こくんと頷く。

「お役に立てたのなら、良かったです。お爺さんにはこれからも長生きして貰うので、思い出が薄れそうになったら、また見て下さいね」

「ははっ、これは一本取られたな」

お爺さんはふたりからそっと離れると、楽しそうに笑った。目が潤んでいて、頬に涙の痕《あと》があったけれど、心底幸せそうに微笑んでいた。そんな姿を見ていると、ヨモギの胸も温かくなった。

ビデオには、息子との思い出の他に、神田の風景もあった。

万世橋《まんせいばし》の近くに、今はアーチを利用した商業施設があるが、そこに交通博物館が建っていた頃の映像もあった。

そして、神田駅の地下も――。

「あっ、これ！」

「マジか！」

ヨモギと千牧は、思わず声をあげた。

なんと、昼間に足を踏み入れた地下商店街が映っているではないか。

通路に店が建ち並び、レトロな雰囲気を醸し出していたが、道往く人々は獣の尻尾も耳も生えていない。何処からどう見ても人間だった。

「これは、須田町ストアだよ」

お爺さんは、懐かしそうにその映像を見ながら、教えてくれた。

そこが、かつて、須田町ストアと呼ばれていた地下商店街だったということ。そして、それは、平成のうちに無くなってしまったということを。

「平成のうちに……」

「無くなった……？」

ヨモギと千牧は、目を丸くする。しかし、ふたりは昼間、画面に映っている商店街と瓜《うり》二つの空間にいたのだ。

「須田町ストアが無くなってしまった時、とても寂しかったからね。今でもアヤカシが続けてくれているなら、私は嬉しいよ」

お爺さんは、テレビに流れる今は無き店の映像を見て、遠い目で言った。

アヤカシ達が経営していた店とは違い、妖気なんて欠片《かけら》もなくて、地下だというのに明るい街並みだった。通路ではしゃいでいる子供達もいて、画面越しでも活気が伝わって来た。

それは、ヨモギも千牧も知らない光景だった。

ふたりは思わず言葉を失い、かつてあって、もう二度と見られない日常の風景を眺めていたのであった。


翌朝、ヨモギと千牧は昨日の須田町ストアに向かった。

お爺さんを、どうしてもあの場所に連れて行きたかったのだ。あの手のアヤカシ達は、人間に住処《すみか》を暴かれるのを嫌う。だが、ヨモギと千牧の家族だと分かれば、目溢《めこぼ》しをしてくれるだろう。

それに、お爺さんにふたりのにおいを擦り付けた上着を着て貰えば、アヤカシ達の目――というか、鼻を欺くことも出来るかもしれない。ふたりはそんな算段をしながら、朝の神田を往く。

きつね堂が開店する前の時間帯なので、まだ、通勤中のビジネスマンがごった返している。通勤中の人々の邪魔にならないよう、ふたりは心持ち身体を縮こまらせながら、地下鉄駅の構内を移動した。

だが――。

「あれ……？」

「見当たらない、な」

　どんなに地下道を歩いても、地下商店街に行きつくことはなかった。通勤客に紛れたアヤカシの姿もないし、獣臭さもない。そもそも、地下道は複雑ですらなかった。

神田駅の地下通路で、ふたりは茫然《ぼうぜん》と立ち尽くす。

「どうしてだろう……」

「妖気も臭いも感じないぞ……」

　まるで、最初からそんなものはなかったと言わんばかりだ。

「やっぱり、あれは浮世に実在する店じゃなかったんだな」

「でも、境界にあるとしても、僕達に分からないはずはないんだけど」

「確かに」

　鼻が利くふたりが、境界の隙間《すきま》から漏れるアヤカシの臭いに気付かないはずがない。だが、幾ら鼻をひくつかせても、漂ってくるのは、地下独特の、地下水が混じったにおいだけだった。

　まるで、狐に摘《つ》ままれた気分である。

「おい、ヨモギ」

「な、なに？」

「お前、俺を摘まんだな？」

「違うよ⁉」

口を尖《とが》らせて詰め寄る千牧に、ヨモギは目をひん剝いて否定した。

「僕達、まとめて摘まれたのかな……」

「かもな。でも、夢とか幻だとは思えないし」

「……あの場所、彼らの秘密にしておきたかったのかもしれないね」

だからこそ、お爺さんを連れて来ようと思ったヨモギと千牧は、入り口を見つけられないのかもしれない。それならばまた、須田町ストアに向かうアヤカシを尾行すれば、辿り着くことが出来るだろうか。

だが、ふたりには、そんなアヤカシも二度と見つかるようには思えなかった。そして、それでもいいような気がしていた。

「思い出は、思い出のままでもいいのかもしれないね」

ヨモギがぽつりと呟くと、「そうだな」と千牧も言った。

「触れて、においが嗅げて、実在するものが全《すべ》てじゃないもんな。これはこれで、いいのかもしれないな」

ふたりは、昨日のお爺さんのことを思い出す。

ビデオテープに記録された映像を見ていたお爺さんは、幸福そうであり、笑顔だったが、とても遠い目をしていた。それは、映像そのものではなく、映像を通して、在りし日々を回想しているように思えた。

既に過ぎ去ったものについて、大事なのはそのものではなく思い出なのだ。

お爺さんを通じて、ふたりはそう思うようになった。

「さて、帰ろうか。開店時間になっちゃうし」

「そうだな。さっさと棚整理を終わらせて、お客さんを迎えようぜ」

ふたりは踵《きびす》を返す。彼らの大切な、現在と向き合うために。

ふと、獣のアヤカシの臭いがふたりの鼻を掠めた。だがふたりは振り返らずに、きつね堂へと向かったのであった。

第三話　ヨモギ、電《でん》霊《れい》を手伝う

その日、ヨモギは休憩時間中に、神保町で三谷《みたに》と会った。

神保町は、カレー屋さんがやたらと多い。その中でも、三谷が贔屓《ひいき》にしている店へと赴いた。

「お前、カレーは平気なの？」

店の前で、三谷は尋ねる。すると、ヨモギは、「はい！」と元気よく返事をした。

「一通りのものは食べられます」

「そっか。なら、良かった。ほら、犬や猫には食べさせちゃいけないものもあるしさ。狐《きつね》もあるかと思って」

「僕は元々が生き物の狐ではないので、大丈夫なはずです。多分……」

ヨモギも、自分の身体《からだ》のことが全《すべ》て分かるわけではなかった。語気がどうしても弱くなってしまう。

「体調悪くなったら、早目に言えよ」

「はい！」

ヨモギは、しゃきっと背筋を伸ばして返事をした。

店は神保町駅からそれほど離れていないビルの中にあるのだが、建物の中に入ると、人通りが多い神保町の喧騒《けんそう》が嘘《うそ》のように静かだった。落ち着いた店内では、常連客と思《おぼ》しきスーツ姿の中年男性が、夢中になってカレーを口に運んでいる。ルーとライスが別々になった皿の横には、ごろんとしたジャガイモが鎮座していた。

「あれが、カレーにつくジャガイモ……」

「ホクホクして美味《おい》しいんだ」

ヨモギを席に促し、三谷は自分も向かいの席に座る。

ヨモギがぺたんと席につくと、三谷はヨモギのことを見つめながらこう言う。

「最近、調子がいいみたいだな」

「えっ、は、はい、それなりには！　というか、どうしてご存知《ぞんじ》なんですか！」

「お前の顔色もいいし、顔つきも頼もしくなってたからだよ」

「おお……」

ヨモギは、小さな手でぺちぺちと自らの頬《ほお》を撫《な》でる。頼もしくなったと言われて、悪い気はしなかった。

「千牧君も来てくれたし、兎内さんも手伝ってくれるので、お店も徐々に賑《にぎ》わって来ました。勿論《もちろん》、三谷お兄さんのお陰《かげ》でもありますけど」

「俺《おれ》のことはいいよ」

三谷は苦笑する。

「いやいや、三谷お兄さんがいなければ、お爺《じい》さんだって助けられませんでしたからね⁉」

ヨモギは目を剝《む》いた。

「おっと。そう言えば、そんなこともあったな」

「恩人が大事なことを忘れないで下さいよ」

ヨモギは、ちょっと不貞腐《ふてくさ》れる。

「悪かったって」

三谷は肩を竦《すく》めた。

「まあ、店が大丈夫そうだって聞いて安心したぜ。本屋が無くなるなんてこと、本当はあっちゃいけないんだ。本屋は文化を発信する場所だからな。その、あっちゃいけないことが一つでも防げたのなら、本好きとしてこれほどまでに嬉《うれ》しいことはない」

「三谷お兄さん……」

いつもは表情が乏しい三谷であったが、安堵《あんど》と幸福感が入り交じった、優しい笑みを浮かべていた。

(三谷お兄さんも、お爺さんと同じで本が好きなんだなぁ)

こういう立派な書店員にならなくては、とヨモギは決意する。

そうしているうちに、ふたりのもとへジャガイモが運ばれて来た。ゴロンと二つ寄り添っているジャガイモは、兄弟のように見える。

「……僕と兄ちゃんだ」

阿吽《あうん》の白狐《びゃっこ》みたいだなと思った。

「それ、食べられなくならないか？」と、三谷は心配そうだ。

「ううう……」

三谷の言うとおりだ。

ヨモギは、自分達とジャガイモを重ねてしまったことを後悔する。兄に齧《かじ》り付くなんてとんでもないし、自分を齧ると痛そうだ。

「でも、食べないとジャガイモに悪いですし……」

自分にそう言い聞かせるように、ヨモギはジャガイモを鷲掴《わしづか》みにし、バターを塗って頬張った。ほくほくした感触と、ジャガイモ特有のほんのりとした優しい甘さが、ヨモギの口の中で弾《はじ》ける。

「美味《うま》いだろ？」

三谷は、慣れた手つきでジャガイモを口にしながら問う。ヨモギは、口をもごもごと動かしながら、しきりに頷《うなず》いた。

そうしているうちに、カレーのライスとルーが運ばれてくる。ヨモギはチキンカレーを頼んだので、ルーには大きめのチキンが沈んでいた。

「うわぁ……、美味しそう……」

カレーの芳《こうば》しい香りがヨモギの鼻腔《びこう》をくすぐる。ヨモギは思わず、鼻先をすんすんと鳴らしてしまった。

ヨモギと三谷は、「頂きます」と手を合わせてからカレーを口に運ぶ。ヨモギは一口食べると、かっと目を見開いて二口目、三口目と、一心不乱にカレーを口の中に掻《か》き込んだ。

「おっ、気に入って貰《もら》えたみたいだな」

「おいひいへふ！」

「飲み込んでから喋《しゃべ》りなって」

「はひ！」

ヨモギはカレーを咀嚼《そしゃく》して味わい、水をチビチビと飲んで流し込んだ。口の中からカレーが無くなったのを確認すると、「美味しいです！」と改めて叫んだ。

「そりゃよかった。俺は静かな方が好きだから、カレー屋の中ではここをよく利用するな。でも、他にもいっぱい美味いカレー屋があるから、今度紹介するよ」

「やったー」

ヨモギは、諸手《もろて》を上げて喜んだ。三谷はそれを、微笑《ほほえ》ましそうな目で見つめていた。

「そうだ。お前の同僚も一緒に来たら、ついでに案内するけど」

「えっ、本当ですか⁉」

目を輝かせるヨモギであったが、すぐに、何かを思い出してしょんぼりした。

「どうしたんだ？」

「それが、どっちかが店の留守番になるので、一緒に来られないんですよね」

「あ、成程。それじゃあ、休業日は？」

「日曜日です……。適度に休んでいいって言われたんですけど、元々の営業日を守りたくて」

「あー」

三谷は天を仰いだ。

神保町はオフィス街が近く、また、大学も近いため、それらに通っている人々がよく歩いていた。しかし、日曜日は基本的にそれらはやっておらず、神保町の古本屋街も休業日にする店が多い。

昼近くになれば、古書を求めてやって来る人々や、地元民が神保町を歩くようになるが、それでも、いつもの人通りには及ばなかった。

「俺も、日曜日にシフトが入ると、コンビニ飯で済ませちゃうんだよな。やってる店を探すのが面倒くさくて」

だから、何処《どこ》のカレー屋が営業しているのかも分からないという。

「いや、調べておくか。それまで、ちょっと待っててくれ」

「はい！　待つのは得意なので！　十年でも二十年でも待ちます！」

「そこまでは待たせないからな？」

狛狐《こまぎつね》であったヨモギは、凄《すさ》まじく辛抱強い。それをさり気なく主張された三谷は、思わず苦笑を漏らした。

「まあ、それはさておき。同僚とも上手《うま》くやってるようで良かったよ」

「その節は、どうもご迷惑を……」

千牧の活躍っぷりを見て抱いた劣等感を胸に、三谷の職場までヨタヨタと足を運んでしまったヨモギは、恐縮して小さくなることしか出来なかった。

「いいって。珍しい悩みも聞けたし」

三谷は手をひらひら振りながら、ゴロンと置かれている二つ目のジャガイモに手を伸ばした。

「それにしても、ジャガイモが丸ごとって、実物を見るとすごいインパクトですね」

「だな。まあ、美味しいからいいけど」

じゃがバターも好きだし、と言いながら、三谷はジャガイモに齧りつく。ヨモギもまた、二つ目に手を伸ばす。

「カレーの具にすることが多いと思うんですけど、この場合は、カレーと交互に食べるといいのかな」

「カレーに浸して食べてもいいかもな。まあ、好きな食べ方で食べればいいんじゃないか？」

「はーい」

ヨモギはどっちも試そうと思い、ジャガイモをカレーに浸して口に運んだ。

「そうそう、きつね堂の話に戻るんですけど、新刊もちょっとずつ入るようになったんですよ」

「良かったじゃないか。ベストセラーなんかは、あの店の近くの会社員が発売日に買いに来るんじゃないのか？」

「はい！うちはポイントカードがないので、どうかなとも思ったんですが」

「まあ、ポイントにそれほどこだわらない人もいるしな。あと、今すぐに欲しいっていう人もさ。すぐ欲しい人は、少し遠くてポイントが付く店よりも、ポイントが付かなくても近い店の方がいいんだよ」

三谷は、カレーを口にしながらそう言った。

「多様性ってやつですね」

「そうそう。大型の書店には大型の書店なりの、小さな書店には小さな書店なりの強みがあるのさ。お前のところで仕掛けてる本も、好調なんだろ？」

「あ、はい！『星間宅配便』っていう本、じわじわと売れてるんですよ。この前も、在庫が足りなくなったから追加注文をしたんです」

「うちでは、まあまあの動きだったんだけど、長期で仕掛けるほどじゃなかったからなぁ。すごいと思うよ」

うんうん、と三谷は頷く。ヨモギは誇らしい気持ちになって、カレーを運ぶ手が早くなった。

「この調子で、色々と仕掛けてみようと思います。他にも何か出来ないか、あっちこっちでヒントを探ろうと思って」

「いいんじゃないか。小さい店は、そうやって工夫が出来るのがいいところだよな。そのうち、俺がお前に教えを乞うことになるかもしれないな」

「そんな、まさか」

ヨモギは謙遜《けんそん》する。しかし、三谷の目は真剣だった。

「……いや、その、僕の方が三谷お兄さんに色々と教わりたいくらいですし」

「そのうち、そうなりそうっていう話だ。今のことじゃないさ。まあ、遠くない未来に、実現しそうだけどな」

そうだろうか。

ヨモギは己に問う。でも、そうかもしれないという手応《てごた》えは、しっかりと感じていた。

「……頑張ります」

「おう」

ヨモギが決意を口にすると、三谷もまた深々と頷く。

それからふたりは、黙々とカレーを口に運んだ。ヨモギはカレーを味わいつつ、この時間で三谷から何かヒントを貰えないかなと、考えていた。

そうしているうちに、三谷はカレーをほとんど食べ終えてしまった。彼は、ジャガイモの最後の一欠片《かけら》を咀嚼し終わると、こう尋ねる。

「しかし、売り上げが上がったってことは、大変なんじゃないか？」

「えっ？」

「在庫管理だよ。お前のところ、コンピューターで発注してるわけじゃないし」

「ええ、確かに……」

三谷の勤めている書店は、本がレジを通れば売り上げがカウントされ、一定の条件を満たすと自動発注されるという。しかし、きつね堂にはそんなシステムがあるはずもなく、販売時に本に挟まっている短冊型のスリップを抜き取り、それを利用して売り上げのチェックと発注を行っているのだ。

「最近、ちょっと大変だなと思うようになって来ましたね。千牧君と、手分けはしてるんですけど……。近頃《ちかごろ》はスリップが元々付いていない本も増えてきたので」

千牧は細かい仕事が苦手だ。売り上げの計算や発注は得意ではないので、ヨモギに一任されていた。その代わり、ヨモギには難しい力仕事は彼に任せている。

「一番大変なのは、売り上げの計算なんです……。ミスがないか何回もチェックするんですけど、偶《たま》に計算が合わないことがあって……」

「そっか。ヨモギは経理もやってるのか」

「はい……」

ヨモギは、神妙な面持ちで頷いた。

「お爺さんが、経理くらいならやると言ってくれたんですけど、背中を丸めて台帳に顔を近づけて数字をじっと見ているのを見ちゃうと、僕が何とか出来ないかなっていう気持ちになって……」

「まあ、爺さんはいい歳《とし》だもんな。そもそも、小さい数字を読むのも大変そうだ……」

それは仕方がない、と三谷は眉間《みけん》に皺《しわ》を寄せた。

「経理については、俺もさっぱりだな。棚の作り方とか発注の仕方とか仕事の進め方とか、現場のことなら教えられるんだけど」

売り上げを計算するのは、また別の部署だと三谷は言った。

「限られた人数で何でもやらなきゃいけないのが、小さなお店のしんどいところか……」

三谷は、深い溜息《ためいき》を吐《つ》く。ヨモギもまた、小さく溜息を吐いた。

「兎《と》に角《かく》、頑張ります……。こんなことで挫《くじ》けていたら、この先、もっとしんどくなるので……」

自分がもう少ししっかりすれば、どうにかなるだろうか。作業が辛《つら》いのは、自分が未熟だからだろうか。

そう考えたヨモギであったが、三谷は首を横に振った。

「いや、今のうちに対策をとっておいた方が良いだろ。ひとりで出来ることなんて限界があるし、お前は仕掛けも出来るしＰＯＰも作れるんだから、そっちに専念した方が店のためになるって」

「でも……」

「といっても、どうするかが問題だよな。まさか、もう一人従業員を雇うわけにはいかないだろうし」

三谷の言う通りだ。きつね堂の従業員であるヨモギと千牧は、住み込みのボランティアなので給料が発生していない。

しかし、経理を任せる従業員を雇うとなると、当然のように給料が発生する。それを賄えるだけの利益には、あと一歩及ばなかった。

「それに、あのお店、もう手狭なんですよね。僕と千牧君と、お客さんが何人か入ったら、店の外に溢《あふ》れちゃうんで……」

「だよな。人を増やせばいいってわけじゃないし、難儀だよなぁ」

三谷も、自分のことのように真剣に頭を悩ませる。

だが結局、昼休みの時間中、その答えは出なかったのであった。


業務を効率化したい。

その課題が、ヨモギの頭にこびりついて離れなかった。きつね堂に戻り、休憩に入る千牧と交代してからも、ひとりでぼんやりと考えていた。

(全盛期のお爺さんとお婆《ばあ》さんは、今のやり方でやってたんだよね。そう考えると、やっぱり、僕の力不足なのかな……)

経理などの事務作業は、主にお婆さんがやっていたらしい。そして、力仕事を中心とした現場作業は、主にお爺さんの仕事だったそうだ。丁度、今のヨモギと千牧のような分担である。

(それとも、お婆さんがスーパーお婆さんだったとか……)

畏敬《いけい》の眼差《まなざ》しを、仏間の方へと向ける。

そんな時、聞き慣れた声を掛けられた。

「目ん玉ひん剥《む》いて、どうしたんですか。田畑を荒らす雀《すずめ》でもいたんですか?」

振り返ると、そこにはスーツ姿の若い男——菖蒲が立っていた。恐らく、今日も仕事の途中できつね堂に寄ったのだろう。

「僕、そんな顔してましたか？」

「何とも言えない表情でしたよ」

「……言っておきますけど、僕は本屋さんの敷地にいる狛狐なので、雀には手を出しませんん」


狐がお稲荷《いなり》さんの使いだと言われるようになったのは、農業が主な産業だった時代、米を食い荒らす雀を狐が食べてくれたことが始まりだという説もある。農家の祠《ほこら》の狛狐ならば、その習性を継承しているかもしれないが、本屋の祠の狛狐であるヨモギに、その習性はなかった。

「では、本を食い荒らす輩《やから》は食べるんですか？　紙魚《しみ》とか」

「潰《つぶ》すか、殺虫剤を使いますね」

「文明に染まった狛狐とは、嘆かわしい」

「……あの、鏡を持って来てもいいですか？」

千葉から出て来た都会派狸《たぬき》を前に、ヨモギは口を尖《とが》らせながら反撃をする。

「冗談ですよ。それにしても、言うようになったじゃないですか」

「菖蒲さんにも鍛えられたので……」

「世間擦れするのはいいことです。少なくとも、誰《だれ》かに騙《だま》され難《にく》くなる」

菖蒲は感心したように頷きながら、店内に入る。そして、新しく入荷した本をチェックして、そのうちの二冊を手にした。

「これを」

「有り難う御座います！」

ヨモギはぺこりと頭を下げ、差し出された本を丁寧に受け取る。

「言っておきますけど、私はこの敷地を諦《あきら》めたわけではありませんからね。ただ、気になる本が目の前にあったし、他の店まで行くのは非効率的だから買ったんです」

「ははは……。お気に召しそうな本、また探してみますね」

素直でない菖蒲に苦笑しつつ、ヨモギはお会計を済ませる。

菖蒲が購入したのは、ビジネス書とドキュメンタリーだった。ビジネス書はともかく、もう一冊は日本の林業に関する本で、意外だなと思った。

（そう言えば、千葉って林業が盛んなんだっけ。故郷のことが気になるのかな）

それじゃあ、次は千葉県の本も入れてみようかとヨモギは思いながら、二冊の本を丁寧に紙袋に入れた。

「はい、どうぞ！」

「どうも」

菖蒲は素っ気なく受け取り、本を鞄《かばん》の中に丁寧に入れた。

「個人客向けに商品を仕入れられるのも、小さなお店の強みってところですか」

「お客さん個人を大事にするのが、強みに繋《つな》がるって感じですかね」

菖蒲の見解に、ヨモギが答える。逆に、個々のお客さんを大切にして、リピーターになって貰えなくては、存続が難しいということにもなる。

「因《ちな》みに、あの犬は？」

「千牧君は、休憩中です。お散歩に行きました」

「ああ、常にその辺を駆け回っていたそうな顔をしてましたしね」

「神田は、千牧君にはちょっと狭いですよね……」

大きな犬が存分に駆け回れるような公園は、近所にはない。千牧自身はちゃんとしているので、通行人の邪魔をしたり車道に出たりせずに往来を駆け回ることが出来るけど、道往《ゆ》く人がぎょっとしてしまう。

なので、朝はお爺さんと一緒に散歩をしていた。飼い主らしき人がいれば、道往く人は微笑ましい目で見るだけだから。

「最近は、人間の姿でジョギングをすることも覚えたみたいです。さっき、お堀の周りを走って来るって言ってました」

「皇居ランナーの仲間入りですね。まあ、順応しているなら良いでしょう」

千牧ならば、皇居ランナーの人達とも仲良くやっていそうだ。

千牧の問題は一つもないが、ヨモギは問題を抱えていた。

「そうだ。菖蒲さん」

「アドバイスなら、相談料を取りますよ」

「えっ。やっぱりいいです……」

すいません、とヨモギは縮こまる。「冗談ですよ」と菖蒲は呆《あき》れたように言った。

「大方、店の話でしょう？　私はコンサルタントを専門にしているわけではないので、料金は頂きません。ただし、それなりの対応になります」

「それなり」とヨモギは復唱する。

「プロのアドバイスは出来ないってことです。真摯《しんし》な対応には努めますけどね。単純に、技術がないので」

「いやもう、聞いてくれるだけでいいんです」

ヨモギは、ランチの時に出た話題を、菖蒲にかいつまんで話す。

店の繁昌《はんじょう》に伴い、やることがかなり増えていること。ヨモギはそれで苦労していること。そして、それを乗り越えなくては、次の段階に行けないということを。

それを聞いた菖蒲は、開口一番にこう言った。

「私は雇われませんよ」

「わ、分かってますよ。というか、菖蒲さんはもう、勤め先があるじゃないですか」

「それも含めて、念を押しておいただけです」

分かればよろしいと言わんばかりに、菖蒲は頷く。

「それにしても、経理ですか。まあ、貴方《あなた》の技術を以《も》ってしても、いずれ限界は来ると思ってましたけど」

「これでも一応、商売繁昌に関《かか》わる力は持ってると自負してたのですが……」

「伸びしろはありそうなんですけどね」

ヨモギのことをじろじろと見つめる菖蒲に、ヨモギは居心地の悪さを感じながら尋ねる。

「もっと精進しろってことでしょうか？」

「ええ。ただし、別の方向に」

「別の方向？」

ヨモギは首を傾《かし》げた。

「そう。何も算盤《そろばん》を弾くのだけが経理ではありませんから」

「でも、菖蒲さんは未《いま》だに算盤ですよね」

ヨモギは、菖蒲が算盤で計算をしていたことを思い出す。

「それは、化け狸の概念と算盤に、深いかかわりがあるからですよ。貴方も、狸と算盤がセットになった置物を見たことがあるでしょう？」

「あ、そうか。それに対して狐は……」

「算盤とセットになっているものを、私は見たことがありませんね」

ヨモギの中で、狸は例外だという話は、合点が行った。

「恐らく貴方は、経理が得意なのです。しかし、それは算盤を使うのが上手いというわけではない。算盤も使えるが、電卓も使えるというものなのかもしれませんね。そして、算盤と電卓ではどちらが早いか分かりますか？」

「電卓、ですよね」

「一般的には。だからその場合、貴方は電卓を使った方が良いというわけです」

つまりは、より高度なツールを使った方が、効率が上がるということだった。

「そもそも、今時、紙媒体で管理しているのが時代遅れなんですよ。世の中は、既にかなり前に電子化してますよ」

「電子化……」

ヨモギは、お爺さんの古いノートパソコンを見やる。

「あれ、何年物でしょうね。得意先で見たことがないんですが」

菖蒲もまた、カウンターの上に置かれたノートパソコンを注視する。

有名なメーカーのロゴが堂々と書かれているが、なかなか重量感があり、ノートと言い難いほどに分厚い。

「で、でも、まだ動きますし」

「動くならいいんですけど、ＯＳが古くなると、互換性がないソフトやアプリが増えますからね。ＯＳの入れ替えくらいはしておいた方がいいですよ」

「はぁい……」

起動画面に表示されるＯＳ名が、随分前のものだったなと思い出し、ヨモギはしょんぼりしながら頷いた。

「一先《ひとま》ずは、会計ソフトを入れてみては？　今ならば、素人でも楽に出来るものがありますし」

「成程……」

「個人事業主なので、確定申告だって毎年やる必要がありますしね。ちなみに、確定申告は、お爺さんが？」

「去年までは、お爺さんがやってたと思います。でも、目が疲れそうだし、今年は僕がやりたいな……って」

ヨモギは、もごもごと口籠《くちごも》る。

「それじゃあ、尚更《なおさら》ですね」

「秋葉原に行けば、買えますかね」

「秋葉原に行かなくても、ネットショップで買えますよ。そもそも、ソフトを買わずに電子版をダウンロード出来ますし」

「そ、そうなんですね。すごい時代だな……」

「第一、本だって電子版があるじゃないですか」

「あっ、そうか」

きつね堂では電子書籍の取り扱いはないが、電子書籍の存在は知っていた。

「世の中は、何でも電子なんですね……」

見た目が子供のヨモギは、老人のようにしみじみと遠い目をした。

「便利ですからね。周りに店がないド田舎に住んでいても、電子ならば一瞬で手に入りますから」

ですが、と菖蒲は続ける。

「幸い、神田は秋葉原に近いですし、秋葉原に赴いてみてはどうでしょう。店頭でないと受けられないサービスもありますし」

「店頭でないと、受けられないサービス？」

鸚鵡《おうむ》返《がえ》しに尋ねるヨモギに、菖蒲は頷いた。

「ええ。販売員から、直接、アドバイスが聞けますしね」

パソコンのスペックによって、適切なソフトやアプリが異なる。また、使用目的によって、それらに求めるものも異なるだろう。

ネットショップではアドバイスを聞くことが出来ないが、店頭ならば、販売員に相談し、彼らに選んで貰うことが出来るのだ。

「本もそうでしょう？」

「あっ、確かに！」

書店もそうだ。店頭で書店員に相談すれば、その相談内容に見合った本を探してくれるではないか。

ヨモギも、「恋愛小説を読みたい」とか「入院している友人に差し入れをしたい」というお問い合わせを受けたことがある。

恋愛小説と一言で言っても、ハッピーエンドもバッドエンドもあるし、純愛もあれば、そうでないものもある。

その上、お客さんが小学生であれば、同じく小学生のぎこちない青春ものをお勧めするし、酸いも甘いも知ったような大人であれば、ちょっとビターなものをお勧めする。失恋をしたばかりというお客さんならば、華やかでハッピーなものよりも、失恋から立ち直る話の方が共感出来るかもしれない。

「コンピューターによる検索は、要求されたことに対しての仕事は物凄《ものすご》く早いんですが、行間は全く読めませんからね。だから、柔軟な対応が出来ないんですよ。お客さんの雰囲気から判断するなんてことは出来ないから、要求がぼんやりとしている時は、人のアドバイスを仰いだ方がいいですね」

「分かります……。恋愛小説が欲しいって言われたら、恋愛小説としてジャンル分けされているものを全部出しちゃうやつですよね……」

「そうです。小学生が、うっかり不倫ものを手に取る可能性もあるわけです」

「大失恋をした人が、最初から最後までハッピーな恋愛小説のあらすじを見て、げんなりすることもありそうですね……」

心に傷を負った時は、明るいものよりも共感出来るようなものを読んだ方がいいというのをヨモギは知っていた。辛い目に遭った人の傷を拡《ひろ》げるようなことは、何としてでも避けたいと心底思う。

「他にも、お年寄りが注文した本が、細かい文字だという可能性もありますね」

「あと、やたらと重い本だったというのも」

ヨモギは、年配のお客さんには、出来るだけ文字が大きくて軽い本を勧めている。年を取ると視力や筋力が低下するので、文字が小さい本や、ハードカバーの単行本は読むのが大変だという話を、お爺さんから聞いていたからだ。

病院に入院している人に差し入れするという本も、寝床で読み易《やす》い文庫本を勧めた。

「そう考えると、今の僕に必要なのは、販売員さんによるプロのアドバイスですね……」

「ええ。場合によっては、パソコンの買い替えも必要かもしれませんしね。それも含めて、秋葉原で聞いてみればいいと思います」

菖蒲は頷く。

何せ、一般的な用途とは違う。普通の人は、パソコンで仕事をする他に、音楽を聴いたり動画を見たりするだろう。しかし、ヨモギはそれらの用途に使うつもりはなく、経理を中心とした、業務の効率化を図ることだけが目的だった。

「……因みに、パソコンを使えるのは貴方だけですか？」

菖蒲は、声を潜めて尋ねる。ヨモギは、無言で頷いた。

「お爺さんも、買ったはいいけど使いこなせてなかったみたいで……。千牧君は、キーボードをちまちま打つのが苦手って言ってました……」

「ならば音声入力を……というよりは、パソコンの画面をじっとして眺めていること自体、苦手そうですしね」

誰にでも、得手不得手はある。しかし、他のひとが皆不得手だと、なかなかの孤独感を味わえる。

ヨモギは、小さく息を吐いた。

「パソコンを弄《いじ》れるのは、貴方ひとりですか。まあ、頑張って下さい」

「はい……」

菖蒲の声は、同情が滲《にじ》んでいた。

肩を優しく叩《たた》かれたヨモギは、お辞儀をせんばかりに頷いたのであった。

翌日、ヨモギは休憩時間中に秋葉原へと向かった。

澄んだ青空の下、ヨモギは万世橋を渡る。

万世橋駅跡にある商業施設のデッキでは、眼下に流れる神田川を眺めているビジネスマンがいた。きっと、束《つか》の間《ま》の休憩を楽しんでいるのだろう。

そう思ったヨモギは、「お疲れさまです」と心の中で労《ねぎら》いの言葉をかけ、人込みに流されるように秋葉原を目指す。

万世橋を渡り切った先は、一転して騒がしい繁華街になった。

ビルの壁面には、アニメキャラクターが描かれた広告が堂々と掲げられている。神田も人通りが多かったが、それとは比べ物にならないほどの人込みで、外国人観光客も多く見られた。

「うわぁ。いつ見ても凄い街だなぁ……」

往来では、レースが付いた短いスカートをはいた女の子が、チラシを配っている。それはメイドカフェとやらの呼び込みらしいが、ヨモギが知っているメイドとはかけ離れていた。

「迷子にならないようにしないと……」

何せ、道路が見えないほどの人込みである。小さな身体《からだ》のヨモギは、何処かに紛れてしまいそうだった。

「それにしても——」

どの家電量販店に行くべきか、下調べを失念していた。秋葉原に行けば分かると、漠然と考えていたのである。

ざっと見たところ、家電量販店の看板は幾つか窺《うかが》えたので、そこに行ってみればいいのだろうか。何処を優先すべきか分からないので、手前から順番に。

初心者丸出しだな、とヨモギは自分が恥ずかしくなる。商売に繋がることなのに、手取り足取り教えて貰わないといけないなんて。

「お困りかな?」

不意に、ヨモギに声が掛かる。

ぎょっとして振り返ってみると、そこには、中性的な若者が立っていた。

「あ、貴方は……」

ヨモギは思わず、若者と距離を取った。

足音も気配も感じられなかった。それどころではなく、においすら感じない。生き物ならば——いや、ケガレすらも、何らかのにおいがするはずなのに。

「警戒しないで。ボクはテラっていうんだ。以後、お見知りおきを」

「お、お寺……?」

「テンプルじゃないよ。単位の方。他の名前でも良かったんだけど、これが一番しっくり来たから」

「は、はあ……」

ヨモギは、自称テラの頭からつま先までをつぶさに観察する。

テラの髪は、今の空のような青だった。染色したとは思えないほど、美しい色合いだ。

ジャージのようなナイロン製のパーカーを着ていて、全体的に軽装だった。しかし、首にはごついヘッドホンを掛けている。

ボーイッシュな女性にも見えたが、骨格的には男性だろう。目の色は鮮やかなライトグリーンだが、カラーコンタクトレンズよりも、不自然なほど自然だった。

「ぼ、僕は……ヨモギです」

「ヨモギ君か。いい名前だね。植物の蓬《よもぎ》が元になってるのかな。縁起が良さそうだ！」

「そ、それはどうも……」

手放しに褒められたので、ヨモギは思わず照れてしまう。お爺さんがくれた名前を褒められて、悪い気はしなかった。

「それで、テラさんは何者なんですか？」

「さん付けなんていいよ。気軽に呼び捨てにしてさ」

「でも……」

見たところ、テラの方が年上だ。

ヨモギは外見年齢よりも長く生きているので、ヨモギの方が年上の可能性があったが、一先ずは相手を敬いたかった。

ヨモギがそう思っていたその時、丁度、万世橋方面からやって来たビジネスマンが、ヨモギ達の横を通り過ぎようとした。しかし、テラにぶつかりそうになって――。

「えっ」

ヨモギは、思わず声をあげる。

なんと、ビジネスマンはテラをすり抜けてしまったのだ。

いや、その逆で、テラがビジネスマンをすり抜けたのだろうか。ヨモギが声をあげたせいで、ビジネスマンは不思議そうにヨモギを見やった。まるで、テラのことが見えていないかのように。

「あー、びっくりした」

テラは、ヨモギと去って行くビジネスマンの背中を交互に見やる。

「いや、それは僕の台詞《せりふ》ですからね⁉　さっきの人がすり抜けるなんて、貴方はもしかして、幻……？」

においもしないし気配もしないのならば、幻以外の何物でもない。白昼夢でも見ているのかと、自らの頰《ほお》をつねるヨモギに、「違う違う」とテラは首を横に振った。

「ボクは、電霊《でんれい》なんだ」

「電……霊……？」

聞き慣れない名前だ。

名前からして、霊の類《たぐい》のようだが、まさかヨモギの知らない常世《とこよ》の事情があるとは。

「幽霊の一種ですか？」

「或《あ》る意味、ボクの存在はゴーストと言えるだろうね。インターネットの発達によって、人々はその中に概念世界を見出《みいだ》した。ボクは、その産物なのさ」

「インターネットの中の、概念世界……？　常世のようなもの、ですか……？」

「正解。物質的に存在しない、概念の中で存在する世界。人々はオフラインの世界をリアルと呼び、オンラインの世界をリアルではないと言った。つまりは、自分達が暮らしている場所でない世界だと、ね」

テラは実に明瞭《めいりよう》な発音で、原稿が用意されているかのようにスラスラと語った。

常世もまた、生きている人間が暮らしている世界とは異なる、彼岸へと渡った人々の世界だと言われている。概念的なオンラインの世界——つまりは、インターネットの世界もまた、それに似ている仕組みだというのか。

「常世が死者の世界なら、オンラインは仮想の世界ってところかな。仮初の姿を手に入れられる世界ということさ。そしてそれは、多くの人に無限に広がる希望の世界だと思わせた」

「テラさんは、そんな世界で生まれたんですか？」

ヨモギの問いに、「そう」とテラは頷く。

浮世のものでも常世のものでもない。だから、においも気配もなかったのだ。

「無限だと思った人々、匿名だと思った人々、そういった人達の抱いた多くの希望が大きな概念となり、形となるなんて、不思議な話じゃないだろう？」

実際には、インターネットの世界は有限で、実を言うと匿名性もない。ハンドルネームを使い、仮の姿を手に入れられるが、何処から誰がアクセスしているのか、簡単に暴くことが出来るのだと、テラは言った。

ヨモギは、テラをまじまじと見つめる。そこに実在しているのに、やけに現実感がない彼を。

「不思議な話ですけど、信憑性《しんぴょうせい》がありますね……。テラさんの言うこと、信じます」

「ありがと。でも、本当に呼び捨てでいいからね。ボクよりも、キミの方が年上だろうし」

「まあ、多分……」

ヨモギは、正体を見透かされたのかと思い、気まずそうな表情になる。自然と目をそらしつつ、話を戻した。

「だけど、電霊と常世のものって、違う世界に住んでいるんですよね。なのに、どうして僕には、テラさんが見えたんでしょう」

「さあね。偶々、ボク達のレイヤーが重なっただけじゃないかな。オフラインの——浮世の人間だって、見えないはずのものが見えるでしょ？」

「確かに」

テラの口調と装いこそ軽いものだが、言っていることは具体性と説得力があった。これも、電霊の特徴なのだろうか。

「何にせよ、お会い出来て良かったです。お会い出来たことで、僕の見聞も広がりましたし」

「それはなにより」

テラは無邪気に微笑む。その無防備なまでの笑顔を前に、ヨモギもまた、つられるように微笑んだ。

「テラさんのこと、基本的には、他の人には見えないんですか？」

「今の状態だと、ね。ボク達は、それほど強い存在ではないのさ。それに、この姿だってアバターに過ぎないし」

「あばたー」

聞き慣れない単語を、ヨモギは復唱する。

「仮の姿ってこと。コミュニケーションをとるために、人間の姿を映像化しているのさ。ボクはインターネット上の概念世界である電脳世界の断片の一つでしかないし、主だった情報はクラウド化されているから、キミ達ほど個性はないんだ」

「……か、噛《か》み砕いて説明して貰えますか？」

ヨモギはなんとか理解しようとするものの、聞き慣れない単語ばかりでギブアップしてしまった。

「ヨモギ君は、指人形って知ってる？」

「はい」

「指人形を動かすには、どうする？」

「指を入れて、ぴょこぴょこと」

ヨモギは自分の指先を、ちょいちょいと動かす。それを見て、テラは頷いた。

「指人形に、人格はある？」

「えっと、あったらいいなと思いますけど、ないですよね……」

ヨモギの答えに、テラは頷く。そこで、ヨモギは初めて、彼が瞬《まばた》きをしていないことに気付いた。

「そして、指は誰のもの？」

「僕が指人形を操るとしたら、指は僕のものです」

「そういうこと。ボクのこの姿は指人形で、指人形を操っているキミのような大元があるってことさ」

「な、成程！　その大元が、指人形を沢山操ってるってことですかね……」

「そういうことになるね」

頷くテラに対して、「おお……」とヨモギは、未知のものを見る目でテラを眺める。彼の親しみ溢れる姿の向こうに、計り知れないものを垣間見《かいまみ》たのだ。

「あれ？　ちょっと怖かったかな」

「そ、そうですね。すいません」

「いいんだよ。理解し難いものは怖い。生き物なら、当然だろう？」

正確には、ヨモギは生き物ではない。しかし、今のヨモギに、訂正するだけの元気は残っていなかった。

そう、理解が及ばないものは、恐怖でしかない。

テラ自身というよりも、自分が知らないところで、自分の理解が及ばないものが蠢《うごめ》いていたという事実が、何となく怖いなと、ヨモギは感じた。

「でも、安心して」

「は、はい。テラさんから変な感じはしないし、テラさんが怖いというわけでは――」

「いや。今のボクは、指が切れた状態だから」

指が切れた状態。

笑顔でそう言ったテラを前に、ヨモギは固まった。

「に、任俠《にんきょう》の世界の人でしょうか⁉」

「やだなぁ。ケジメをつけたわけじゃないってば。大元であるクラウドの接続が切れちゃっただけ」

「ひぃ……」

接続を指に喩《たと》えていたので、ヨモギは思わず顔を青ざめさせる。無意識のうちに、指人形の仕草をしていた自分の指を、ぎゅっと包み込んだ。

「ゆ、指が切れたら、動けない気が……」

「そう。だから今のボクは、最低限のパフォーマンスで動いているんだよ。存在が心許《こころもと》ないのも、その所為《せい》さ」

「どうして、接続が切れちゃったんですか？」

「どうしてだったかな……。長い間切れっ放しだったから、思い出せなくなっちゃって」

そう言ったテラに、哀《かな》しそうな様子はない。

しかし、ヨモギは気付いてしまった。最低限のパフォーマンスで動いているということは、哀しそうな表情すら出来ないということなのかもしれない、と。

「あの、何かお手伝いしたいんですけど……」

ヨモギがそう申し出ると、テラは目を丸くした。

「えっ。それよりもキミ、困ってたんじゃなかったの？」

「はっ！」

ヨモギは、テラの出現のせいですっかり忘れていたことを思い出す。

「そうだった。業務効率を上げるソフトを探しに来たんだった……」

「ははは。そもそも、ボクは困っていそうなキミの役に立てないかと思って、声を掛けたわけだしね。まあ、ここで立ち話もなんだし、移動しようか」

確かに、ヨモギ達がいる場所は万世橋近くで、往来がそれなりにある。しかも、通行人はテラが見えないので、一人で喋っているように見えるヨモギを、不思議そうな顔で眺めながら通り過ぎて行った。

ヨモギは居た堪《たま》れなさを感じながら、テラについて行くことにした。

「駅前に、若者が集まる場所があるんだ。大きなバスケットコートがあってね」

「えっ、そうなんですか？」

そうだっけ、とヨモギは首を傾げる。

しかし、テラの目には確信しか宿っていなかった。テラの方が秋葉原に詳しそうだし、ヨモギが知らないだけなのだろう。

「案内するよ」

「それでは、お言葉に甘えて」

ヨモギはテラの後をついて行く。若者の憩いの場所である、バスケットコートへと。

「ここだよ」とテラが案内してくれた場所には、立派なビルが建っていた。ビルに囲まれた広場はあるものの、バスケットコートではない。

「えっと、ビルの中に……？」

ヨモギは、秋葉原駅前にある日光を遮らんばかりのビルを仰ぎ見つつ、テラに尋ねる。

「おかしいな。ここに、大きなバスケットコートがあるんだけど」

「テラさ……テラの記憶では？」

ヨモギは、親しみを込めるために推奨されていた呼び捨てにしてみる。すると、テラは少しだけ嬉しそうにしつつ、「そう」と頷いた。

「ボクのローカルメモリには、そう記録されている」

テラは、考え込むように、眉間を揉《も》む仕草をしてみせた。

若者は確かに歩いているが、たむろしている様子はない。それよりも、観光客やビジネスマンらしき人の方が多かった。

「……もしかして、昔の記憶？」

「ボクがクラウドから外れた時のものだね。この辺も、随分と変わっちゃったんだ……」

テラは、小さく溜息を吐いた。

「クラウドと、また繋がれないの？」

「繋がれるけど」

けど、というテラの言葉が、ヨモギにはやけに引っ掛かった。彼は、ひどく躊躇《ちゅうちょ》しているように見えた。

「ボクが、接続が切れているのに気付いたのは、切れてからだいぶ経《た》った時のことだったんだ。ローカル上で作り上げていたデータを、いざ、クラウドで同期しようとしたらインターネットが切れていた、って感じかな」

「そうなんだ……」

クラウド云々《うんぬん》はヨモギにとって少し難しい話だったが、いつの間にかインターネットの接続が切れていた経験はある。お爺さんは、「軽く叩いてやれば直る」と教えてくれたけれど、待っていれば回復したり、電源を入れ直したりしてやれば接続し直すことが出来ることを最近知った。

「つまり、その時点で、クラウドである大元とボクのローカルでは、データに差異があって……」

「うん」

「その、つまり、ボクは――」

テラの歯切れが、急に悪くなった。しかし、ヨモギは辛抱強く話を聞く。

彼は、しばしの沈黙の後、重々しく言葉を吐き出した。

「怖いんだ。クラウドと繋がって、更新するのが」

「……どうして？」

ヨモギは慎重に尋ねる。彼の苦悩は、ヨモギ達とはまた違ったものに思えたから。

「――生き物も、日々食事を摂り続けることで、身体の細胞は更新されていくよね」

確かに生物は爪《つめ》も伸びるし、髪の毛も伸びるし、傷だって塞《ふさ》がる。そして、爪や髪は、生活に支障が出るくらい伸びてしまったら切ってしまう。古い細胞は、老廃物となって少しずつ身体から零《こぼ》れていく。

「同じ人間でも、数カ月後はかなりの細胞が入れ替わっているから、或る意味、別人と言っていいくらいなんだ」

「そう……なんだ」

「キミ達だって、新しい概念で塗り潰されることがあるだろう？　何を以って、本人と呼べるんだろうね」

テラの話に、ヨモギは固唾《かたず》を呑《の》んだ。

確かに、お稲荷さんですら、ご利益の形が変わっている。

当初は豊穣《ほうじょう》を司《つかさど》っていたはずなのに、いつの間にか、商売繁昌や火伏《ひぶせ》のご利益も備わっていた。それは時代の流れがゆえに変化したものだとヨモギは許容していたが、或る意味、当初のお稲荷さんと今のお稲荷さんでは、別の神様にも見える。

ヨモギも、もし、あと何十年か何百年も存在していたら、今とは異なる概念になってしまうのだろうか。

「ボクは大元であるクラウドから切り離された時点から、大元とは別の情報を蓄積している。だから、或る意味、大元とは別人と言えるんだ。ここで接続をして、更新してしまったら、今のボクはどうなってしまうんだろうと思って」

「それは……怖いね」

指人形に使っていた指が切り離されて、独立した生き物になっていたとしたら、それはもう、指人形を操っていた人とは異なる生き物と言えるだろう。指の持ち主の下に戻ることになったら、独立していた指の意思はどうなるのか。

「……そのままってわけには、いかないのかな」

「そういうわけにはいかないんだ。ボクのこの身体は脆弱《ぜいじゃく》な存在だから、遠くない未来、消滅してしまうと思う」

「それは、駄目だね……」

ヨモギはうつむく。そして、どうにか出来ないかと考え込む。

「君達が概念に生かされているように、ボク達は情報に生かされている。クラウドには、その源があるんだ。ボク個人で集めた情報だけじゃ、僕の存在は維持できない」

テラは、頭《かぶり》を振った。

「そう言えば、テラはどうして秋葉原にいたの？」

「この場所が、一番居心地がいいからね。電気街と言えば秋葉原だし。大元が根を張っているのも、この辺りなのさ」

電脳の概念が強く集まるところで、彼の大元は発生したらしい。それは電脳世界上に存在しており、クラウド形式でテラ達と繋がっていたそうだ。そのため、テラは元々、秋葉原の街並みに精通しており、大元と繋がっていた時は今ほど存在が希薄ではなく、案内人を務めることもあったのだという。

今は、接続が切れてクラウド上の大元と繋がれず、更新出来ずにいるという。テラにとって、更新出来ないということは活力である情報があまり受け取れないということで、死活問題だ。

「でも、大元に接続してしまうと、秋葉原の新しい情報がいっぱい押し寄せるってことかな」

「そうなるね……」

テラは神妙な面持ちで頷いた。

「生き物は、細胞が人格を形成している。それに対して、ボクは情報が人格を形成しているんだ。だから、一気に情報が更新されると、人格が崩壊するかもしれない……」

テラの言葉に、ヨモギは震える。

どうにかしなくては、と知恵を振り絞ると、ふと、あることを思いついた。

「……それ、なんだけどさ」

「うん？」

「どうにか出来るかも」

「えっ」

テラは目を丸くする。

ヨモギは、真っ直《まっす》ぐな目で彼を見つめた。

「生き物の細胞も、一気に入れ替わったら、ガラッと人格が変わっちゃうと思うんだ。だけど、毎日少しずつ入れ替わるから、目に見えて変わることはないよね」

「そう。数カ月前と現在、そして数カ月後を比較すると変化が分かるかもしれないけど、日々、その変化を意識させることはないね」

「だから、少しずつ更新して行けばいいんだよ」

「無理だ」

テラは頭を振った。

「ボク達に、そこまでの器用さはない」

「大丈夫」

ヨモギの目には、確信が宿っていた。

「クラウドに繋がずに、情報を少しずつ更新する方法があるんだよ」

「そんな方法が……？」

テラは、驚いたように目を見開いた。

「今この場所を見て、バスケットコートの情報は更新されたでしょ？」

「ああ。でも、バスケットコートからビルになる間の情報が欠落している。クラウドに繋いだら、その欠落した情報も埋められるだろうね」

「その間の情報を記録したものがあるんだよ。そこから情報を手に入れて、テラ自身が少しずつ変われば、更新した時のショックは和らげられるんじゃないかって」

「理論上は、間違ってない」

テラは、慎重に頷いた。

「それじゃあ、行こう」と、ヨモギは、テラを先導しようとする。

「何処へ？」

テラは不思議そうに、目をしばたたく。

「本屋さんだよ。本ならば、昔の情報も詰まっているから」

ヨモギは、自信たっぷりにそう言って、秋葉原駅に隣接した商業施設へと、入って行ったのであった。

ヨモギは、持っていたお小遣いで、秋葉原に関する本を購入した。最新情報は新刊書店で、過去の情報は古本屋やバックナンバーを扱っているお店を回って掻《か》き集めた。

情報ならばインターネットにも公開されているが、ネット上の情報は、良くも悪くも、常に更新が出来る。だが、本は完全にオフラインの媒体なので、出版時の情報がそのままの形で保存されることになる。

ヨモギは、そこに目をつけたのだ。

「本は情報が古くなるって言われるけど、古い情報が欲しい時には最適なんだよね。昔の文学作品も、当時の生活を知る手がかりになるしさ」

その中には、当時の生活のみならず、思想も残されている。差別的だとされて、今は忌避されているものも生々しく残っていて、時代の変化を感じさせることもある。

読書をしていたヨモギは、それを知っていた。

「取り敢《あ》えず、このくらいあればいいかな」

ベンチに腰かけて、ヨモギは手に入れた本や雑誌をずらりと並べる。テラはそれを手に取り、しげしげと眺めた。

「すごいな……。そんな方法があったなんて」

「僕は本屋さんで仕事をしていて、身近に本があるからね」

文学作品以外にも、ヒントになる出来事があった。

以前、兎内さんが、二年前に発行されたパン屋さんを紹介している本を頼りに、パンを買いに行ったら、そのお店は閉店していて、ケーキ屋さんになっていたと嘆きながら、ケーキを差し入れしてくれたことがあった。

その時は、情報誌もインターネットみたいに更新が出来ればいいのになと思ったヨモギだが、まさか、こんなところで役に立つとは。

「……というか、テラは本を触れるんだね。人に認識されないから、どうかなと思ったんだけど」

「他者の認識を歪《ゆが》めない範囲では、触れるみたいだね。人間は主観があるから、人間に触れることは、出来ないと思うけど」

「でも、テラの姿が見えないってことは、その本は浮いてるように見えるのでは……」

しかし、通行人は気にした様子はない。本を拡げて一人で喋っているヨモギのことは、迷子が一人遊びしているのではと言わんばかりに、心配そうな目で見ているけれど。

「きっと、ボクが干渉した時点で、認識出来なくなるんじゃないかな。多分、彼らには見えていないと思うよ。逆に、ボクがこの本で彼らに干渉しようとすると、本自体を持てなくなると思う」

「へぇ……。なんか、面白いね」

ヨモギは、興味深げに目をぱちくりさせる。

「ボクからしてみれば、キミ達の方が面白いし、興味深い存在だけどね」

テラはそう微笑むと、本に目を通すことに没頭した。

ヨモギもまた、テラが読んでいない本を手に取る。ヨモギは、きつね堂の隣にずっといたので、昔の秋葉原の様子は知らなかったから。

「あっ、本当だ。この場所にバスケットコートがあったんだ……」

少し前の秋葉原の様子を写した写真を見て、ヨモギは目を丸くした。今、秋葉原駅の前に聳《そび》えている数々のビルはなく、広々としたバスケットコートになっていたのだ。

ここでバスケをしていた若者達は、何処へ行ってしまったのだろうか。今は、昔を懐かしみながら、周囲のビルで働いているのだろうか。

かと思えば、美少女キャラクターの過激な広告が目立つ時代もあったようだ。電気街というよりは、オタクと呼ばれる人達が集うアンダーグラウンドな街という雰囲気である。

今は、観光客にも向けた入り易い店が多いのだが。

「生き物だけじゃなくて、街も少しずつ変わっているんだね……。戦後の闇市《やみいち》が、電気街の原型って感じなのかな……」

「そうだね。……ボクが知ってた店も、だいぶ閉店や、様変わりしたみたい。ラジオ会館もすっかり今風になってたしね。歩行者天国も、無い時期があったなんて……」

失われたもの、新しく生まれたもの、それらをつぶさにチェックしながら、テラはぽつりぽつりと呟《つぶや》く。

彼の表情は、その度に変化した。哀しそうだったり、嬉しそうだったり、郷愁に浸っていたりと。

ヨモギはテラを通して、ヨモギが知らなかった秋葉原を知る。そして、本を手にした人の感情を通して、感じることもあるのだと認識した。ヨモギが直接本を読んだだけでは、この物悲しいような、微笑ましいような気持ちにはならないだろう。

やがて、テラは最後の本を、静かに閉ざす。

「有り難う。お陰で、ずいぶんと秋葉原の知識を更新出来たよ。これで、大元との差異は少なくなったはず」

「それは良かった」

ヨモギは、心底嬉しそうに微笑んだ。

「その、キミには本も買って貰ったし、何とかお礼をしたいんだけど」

「いいんだよ。困った時はお互いさまだし」

ヨモギは、気にしないでと言わんばかりに微笑んだ。

「それに、テラを通じて、僕も秋葉原に詳しくなれたから。神田に住んでるくらいだし、秋葉原のことも知りたかったからさ」

「そっか。有り難う」

ヨモギの気遣いに感謝をするように、テラは深々と頭を下げる。

「それじゃあ、ボクはもう行くよ。クラウドに繋いで、あるべき場所へと」

「……また、会えるかな」

ヨモギは、反射的に手を差し伸べる。テラは、そのあどけない手を不思議そうに見つめていたが、やがて、そっと握った。

「今のボクは、またキミに会いたいと思ってる。更新後のボクも、そう思っていることを願うよ」

「そっか。またね」

「うん、また」

テラの手は、触れているのか触れていないのか、よく分からない感触だった。しかし、ヨモギの心の中では、テラと深く繋がれたような気がした。

ふたりはお互いに再会を願い、手をそっと離す。

澄み渡った空の下、テラがそっと目を閉ざすと、彼の姿は陽光の中に溶けていく。

「また、会おうね！」

ヨモギは叫ぶ。周囲の目など気にせず、消えゆく友人へと。

「うん。また会おう」

テラは双眸《そうぼう》を開いて微笑むと、秋葉原の街の中に、溶け込むように消えたのであった。


あれは、夢の出来事だったのだろうか。

夢見心地になりながら、ヨモギは帰路についた。

きつね堂に辿《たど》り着き、接客をしている千牧を見て、ヨモギはようやく、自分が業務効率を向上させるための手段を欲して秋葉原に行ったのだと思い出した。

「結局、収穫はナシ……か」

ヨモギはパソコンを起動させつつ、千牧に事の次第を話す。何処か雲を摑むようなテラの話を、千牧は真剣な表情で聞いていた。

「へー、そんな奴《やつ》がいるんだな。でんのーセカイって言っても、ピンと来ないぜ」

「僕も、あんまり馴染《なじ》みがないからね。でも、インターネットの中に、浮世や常世とはまた違った世界があるような気がするっていう人の気持ちは、分かるかも」

「ああ、それは分かる気がする。俺、インターネットも、電話みたいに線の中にいるアヤカシ連中がデータを運んでくれると思ってたもん」

「……千牧君、電話はそういう仕組みじゃないから」

困ったように眉根を寄せるヨモギに、千牧は「マジで⁉」と目を丸くした。

「じゃあ、テレビも……」

「テレビの中にアヤカシがいて、俳優さんの演技をしているわけじゃないからね……」

「マジか……。それ以外考えられないと思ってたぜ……」

ショックを受ける千牧に、ヨモギは「ははは……」と苦笑した。

古いパソコンは、いつも通り、ゆっくりと時間をかけて起動する。このパソコンも高齢で、お爺さんみたいなものなのだと思うと、微笑ましい気持ちになれる。

「業務の効率化……かぁ」

ヨモギは、OSの起動画面から、デスクトップ画面に切り替わる様子を、ぼんやりと眺めていた。

その時だった。画面の端に、見慣れないキャラクターが現れたのは。

「えっ？」

それは、水色のペンギンだった。ずんぐりとしたフォルムだが、模様はコウテイペンギンに似ている。

見たことがないはずのキャラクターだが、見たことがあるようなごついヘッドホンを首に掛けていた。

『やあ』

画面の中のペンギンは、驚くヨモギに向かって、吹き出し付きで挨拶《あいさつ》をした。

その声に、聞き覚えがあった。

「テラ！」

「えっ、マジで？」

ヨモギの叫び声を聞き、千牧も画面を食い入るように眺める。

「で、でも、ヨモギが言ってた奴とは姿が違うんじゃあ……」

「う、うん。だけど、ヘッドホンは同じだし……」

そして、雰囲気も。

水色のペンギンは、古いパソコンに表示されているとは思えないほど滑らかな動きで頷く。

『ヨモギ君、ご名答。姿が変わってもボクだと分かってくれて、嬉しいよ』

「やっぱり、テラだったんだ……。でも、その姿は……」

『さっきの姿で現れても良かったんだけど、パソコンのスペックが足りないんだよ』

ペンギン姿のテラは、一対の羽を使って器用に肩を竦めた。

「な、なんでペンギンなんだよ」と、千牧が横から問う。

『イルカでも良かったんだけど、消す方法を探されても困ると思って』

「どういうこと……？」

ヨモギと千牧は、目をぱちくりさせる。

曰《いわ》く、有名なワープロソフトのヘルプに、イルカのキャラクターが使用されていたことがあったのだという。しかし、常にイルカのキャラクターが表示されていることを邪魔に感じたユーザーが、そのキャラクターの表示を消す方法を、そのキャラクターに尋ねるというシュールなことになっていたとか。そんな、インターネットの片隅の知識を、テラはふたりに教えてくれた。

『イルカがいいなら、イルカにするよ』

「犬は？　犬はどうだ？」

千牧は、画面に齧りつかんばかりに提案する。

『犬でもいいけど、青系がボクのイメージカラーだから、そこは外せないんだよね。犬と青は、あんまり親和性はないかな……』

画面の中のペンギン姿のテラは、難色を示す。

「うーん。そうなると、青いきつねも駄目か……。狐は、赤ならいける気がするんだけどな」

「それはなんか、色々と駄目な気がするよ……」

緑色のたぬきもね、と付け加えつつ、ヨモギは頭を抱える。

「その、姿のことは分かったし、ペンギンのままで可愛《かわい》いと思うけど――」

言い淀《よど》むヨモギに、『けど？』とテラは首を傾げる。

「大丈夫……だったの？」

恐る恐る尋ねるヨモギに、テラは大きく頷いた。

『ああ、お陰様でね。君が教えてくれた、本というツールのお陰で、少しずつデータを構築することが出来たし、細かいバックアップを取ることが出来たんだ。更新されたことで上書きされてしまったものもあるけど、バックアップがあったから、取り戻すことが出来たんだよ』

「そっか、良かった……！」

詳しい話は難しくてよく分からなかったけど、テラが無事でよかったと、ヨモギは胸を撫で下ろす。隣で話を聞いていた千牧もまた、「やったな！」とヨモギの肩と、パソコンを抱いた。

『それで、ヨモギ君にお礼なんだけど』

「お礼なんていいよ」

遠慮するヨモギであったが、パソコンが勝手に何かをダウンロードし始めた。

ダウンロードの進捗《しんちょく》を表わすバーがあっという間に百パーセントになり、勝手にセットアップ画面が開き、勝手に設定が進み、勝手にセットアップが開始される。

「えっ、えっ？」

『安心して。ちゃんとウイルスが入ってないかチェックしたから』

テラは、さらりと言った。

「いや、っていうか、これは……」

『業務効率を上げるソフト、欲しがってたでしょう？』

「あっ……！」

『このパソコンには会計ソフトがないし、キミはお店の手伝いをしていると言うし、会計ソフトがあるといいかなと思って、インターネット上にあるフリーソフトを探してみたんだ。使用感に少し癖があるけど、ボクがナビゲートするから大丈夫』

画面上のペンギン姿のテラは、器用にウインクをしてみせた。

「会計ソフトって、ヨモギがいつもつけてる帳簿を、このパソコンの中で出来るってやつか？」

千牧は、興味深そうに問う。

『そうだね。それだけじゃなくて、電卓を叩いていたところも、自動で計算してくれるものさ。計算時のミスが無くなるし、とても効率的になると思うよ』

「すげーじゃん！」

千牧は目をキラキラさせる。ヨモギもまた、感動のあまり、声を失っていた。

「ついに……、きつね堂に会計ソフトが……」

『在庫管理が出来るソフトも探しておくよ。他にも何か必要なものがあったら、教えて』

テラは、テキパキとパソコンにソフトをダウンロードしていく。あまりにも仕事が速いので、ヨモギは「ちょ、ちょっと待って」と思わず声をあげた。

『どうしたの？』

「えっと、色々とやってくれるのは有り難いんだけどさ。僕は、そこまでのことはしてないし」

『それじゃあ、ボクをここに置いてよ』

「あっ、そのくらいなら出来……って、ええっ」

目をぱちくりさせるヨモギに、ここに置いてよ、とテラは繰り返した。

『ソフトの使い方も教えられるしさ、基本パソコンの中にいるから邪魔にならないと思うけど』

「いや、それは寧《むし》ろ、こちらからお願いしたいくらいかな……」

ヨモギの了承の言葉に、『やった』とペンギン姿のテラは、両羽を上げた。

「でも、いいの？　それって、こっちにしか利益がないような……」

『ヨモギ君は、律儀だね』

「そ、そうかな」

商売繁昌に関わっているからかも、とヨモギは小声で言った。そんなヨモギに、『ボクにだって利益はあるさ』とテラは微笑む。

「どんな?」

『ボクを構成しているのは情報だからね。見聞を広めることで成長するし、情報をクラウド上で共有することで大元もより発達した存在になるんだよ。常世の存在なんて、滅多に接触出来ないし、キミ達のこと、もっと知りたいな』

「な、成程……」

テラはパソコンを介して、ネットワーク上からヨモギ達とコンタクトを取るのだという。ローカル、即《すなわ》ち、パソコン本体に居座るわけではなく、オンラインでないと姿は現さないと教えてくれた。

つまりは、ヨモギ達のある程度のプライバシーは尊重してくれるということらしい。インターネットに繋いでいる時だけ来てくれるお手伝いさんのようなものかな、とヨモギは解釈した。

ヨモギは千牧の方を見やる。

「俺は、仲間が増えるのは歓迎だぜ!」

千牧は、歯を見せて屈託のない笑みを浮かべた。きっと、相手がどんな存在であれ、彼はこの笑顔を絶やさないことだろう。

千牧の分け隔てない笑みに、ヨモギは背中を押されたような気がした。「そうだね」と深く頷き、テラに向き直る。

「僕も、君を歓迎するよ。改めて、宜《よろ》しく」

『有り難う。宜しくね、ふたりとも』

テラは画面の向こうで、両羽をそっと突き出した。ヨモギも千牧も、その羽に手を重ねるように、画面に触れた。

指先には、パソコンの画面の硬い感触だけがある。しかし、触れているのだかそうでないのか分からない、あの不確かな感触よりも、ずっと存在を実感出来た。

こうして、きつね堂にひっそりと、経理のお手伝いさんがやって来たのであった。

小噺

ヨモギ、青薔薇の帽子屋に襲来される

それは、平和な昼下がりだった。

ランチタイムにきつね堂へやって来たお客さん達の応対をし、最後のお客さんを見送ったところである。

「やっぱり、昼間に賑《にぎ》わってくれるのはいいね」

ずれた平積みの本を、小さな手でちょいちょいと直すヨモギに、千牧も頷《うなず》く。

「だな。お客さんが多いと、それだけハレの気で満たされるし、こっちも元気になるぜ」

「本当に」

それは、ヨモギの心からの言葉だった。

心なしか、古い内装のきつね堂も元気そうだ。このままお客さんが増え続ければ、店ももっともっと元気になるかもしれない。

「さてと。ちょっと落ち着いたことだし、俺《おれ》は走って来ようかな。ヨモギはどうする？」

「うーん。今日は、休まなくてもいいかも。特に予定はないし」

「ヨモギぃ〜」

千牧は眉間《みけん》に皺《しわ》を寄せた。

「休める時はちゃんと休めってば。休むのも仕事だぜ」

「兄ちゃんと同じこと言ってるね……」

休日なのに仕事をしようとしていたヨモギを、カシワが窘《たしな》めたことを思い出す。

「僕は、お客さんのハレの気で、だいぶ元気になったからさ。それに、余韻《よいん》に浸るのもいいかなと思って」

「なるほどね」

千牧は、納得したように頷いた。

「千牧君こそ、早く行っておいでよ。毛皮にお日様の光をいっぱい浴びたいだろうし」

「流石《さすが》に、皇居の周りを犬の姿では走れないけどな」

千牧は肩を竦《すく》める。

犬の姿になる時は、お爺《じい》さんと一緒でなければ、周囲の人々を驚かせてしまう。野犬だと思われて通報されようものなら、保健所の人にも迷惑をかけてしまうだろう。

そう思って、千牧は人間の姿で皇居ランナーの仲間入りをしていた。

「そう言えば、どうして皇居の周りなの？」

「あの辺、高い建物が隣接してなくて日当たりがいい場所があるんだよ。そういう意味では、神田川沿いに走るのも悪くないんだけどさ。でも、あそこは人通りが多いから……」

「そっか。通行の妨げになっちゃうね」

「そういうこと」

日当たりが良く、人通りが多過ぎず、それなりの距離をぐるっと走って回れるということで、皇居のお堀沿いのコースを走ることにしたのだという。皇居ランナー達も、同じような気持ちで走っているのだろうか。

「今度、ヨモギも走りに行こうぜ！」

「うん、そうだね。でも、僕はそんなに脚も長くないし、速くもないから、お手柔らかにね？」

ヨモギは苦笑をしてみせる。

脚の長さなんて、千牧の半分くらいしかない。ヨモギは足が遅いわけではないのだが、千牧の二倍速で走るなんて、無茶ぶりもいいところだ。

だけど、千牧と一緒には走りたい。のびのびと駆け回って、東京の空気をめいっぱい吸いたい。

そう思っていた、その時だった。

ごう、と強い風が、きつね堂に舞い込んだのは。

「わわっ！」

巻き上げられた数冊のミニコミ誌を、ヨモギは慌てて摑《つか》む。千牧もまた、咄嗟《とっさ》に、平積みになった新刊を押さえていた。飛ばされることはないけれど、表紙やカバーがめくれれば、それは傷みに繋《つな》がってしまうから。

「な、なんだ。今の風……」

「さあ、なんだろ――」

う、と続けようと思っていたヨモギだったが、その語尾は絶句したため消えてしまった。

ふわりと、薔薇《ばら》と紅茶と、甘ったるいケーキのような香りがする。ヨモギは目を丸くし、千牧はとっさのことに驚いて、「キュゥン！」と情けない声で鳴いた。

「お初にお目にかかる！　稲荷《いなり》神の御使いである狐《きつね》の子の店は、ここか⁉」

若い男の声が、高らかに響く。

強風とともに嵐《あらし》のように現れたのは、青ずくめの青年だった。

青空に勝らずとも劣らない鮮やかな青髪で、青い薔薇をあしらった派手な帽子を被《かぶ》っている。帽子からはレースや装飾が溢《あふ》れ、帽子が本体なのではないかというほどの存在感を放っていた。

纏《まと》っているスーツもレースやフリルがふんだんにつけられ、パーティーに行きそうな装いを通り越して、本人がパーティー会場のようだった。

「ひえっ」

いらっしゃいませ、と言おうとしたが、ヨモギの口から飛び出したのは、短い悲鳴だった。

一方、千牧は口をあんぐり開けて青髪の青年を見つめていた。

「どうした！　俺のお手製の帽子があまりにも可愛《かわい》らしくて、声も出ないのか！」

店員が呆気《あっけ》に取られているというのに、その青年は実に楽しそうだった。

派手な装いに気を取られてしまったが、青年は現実味がないほどに見目麗しくて、長い睫毛《まつげ》は反り返らんばかりだ。

ヨモギは思う。

どう見ても、きつね堂に似合わない人物だし、白昼夢でも見ているのかもしれない、と。

「はっ。それよりも、お稲荷さんの御使いって……！」

ヨモギは、先ほど、青年が言ったことを思い出す。

「ああ。我が友の紹介でね。本の隠者と会っただろう？」

本の隠者。

はて、と首を傾《かし》げるヨモギであったが、青年が親指と人差し指で輪を作った両手を目元に当てたので、はっとした。

「眼鏡を掛けた本好きの、賢者みたいな紳士ならば会いました！」

亜門《あもん》さんですかね、とヨモギが尋ねると、青年はぱっと嬉《うれ》しそうに顔を輝かせる。

「その通り！　健気《けなげ》で聡明《そうめい》な狐の子というのは、君のことか！」

「健気で聡明だなんて……」

ヨモギは、謙遜《けんそん》するようにもじもじする。

「あー。亜門ってひとの話なら、ヨモギから聞いたぜ。で、あんたはそのひとの友人なんだな？」

千牧が確かめるように問いかけると、「失敬！」と青年は大袈裟《おおげさ》な身振りをした。

「俺の自己紹介がまだだったな。俺は、コバルトと名乗っている。帽子屋と呼んで貰《もら》ってもいい」

鮮やかな青を纏った彼は、コバルトと名乗るのに相応《ふさわ》しかった。そして、自己主張の強い帽子を被っているので、帽子屋という呼び名も相応しいと、ヨモギは思った。

「帽子屋って、あれか。あの、おとぎ話の」

千牧は心当たりがあるように、ぽんと手を叩《たた》く。

すると、青年は嬉しそうに微笑《ほほえ》んだ。

「その通り！　少女達に捧《ささ》ぐ、あの名作――」

「『竹取物語』だ！」

「惜しい！」

「惜しくない！」

千牧にニアピン賞を捧げるコバルトに、ヨモギは目を剝《む》いてツッコミをした。

「いやいや、全然惜しくないですよ⁉　帽子屋と言えば、『不思議の国のアリス』ですよね⁉」

「似たようなもんじゃないか」

千牧は不服そうだ。

「ど、ど、どの辺が？　アリスの世界に竹取の翁《おきな》は出て来ないし、アリスは月に帰らないよ！」

「女の子が出てくるし」

「それなら、『シンデレラ』も『美女と野獣』も『人魚姫』も変わらなくなっちゃうよ！」

「いや、似てるだろ」

千牧はきょとんとしている。その瞳《ひとみ》に、疑問の欠片《かけら》もない。

「僕がおかしいのか……」

ヨモギは、一瞬、気が遠くなるのを感じた。

「誰《だれ》がおかしいということはない」

コバルトは、ふたりの間に割って入る。

「そ、それって、どういう……」

「だが、誰もがおかしいということもある」

疑問を浮かべるヨモギに、コバルトは更に畳みかける。ヨモギは混乱していた頭が、更に掻《か》き回されるのを感じた。千牧に至っては、口を半開きにして首を傾げている。犬の状態であったら、舌がはみ出ていることだろう。

コバルトは、帽子のつばをピンと弾《はじ》いて続けた。

「おかしいか否かというのは、個人の主観に委《ゆだ》ねられるからさ。世間では普通と言われている人間にとって、おかしいと思う相手がいたとする。しかし、そのおかしいと思う相手からすれば、普通と言われている人間の方がおかしいんだ！」

「あっ、確かに……。普通じゃない人にとっての『普通じゃない』ことは、その人にとっての普通ですしね」

「その通り。また別の、『普通じゃない』人間にとって、両方とも普通じゃないかもしれない」

コバルトは尤《もっと》もらしい顔で頷いた。

「へー。視点を変えると、色んな見方が出来るってことだな」

千牧も、これには納得したらしい。

「じゃあ、『不思議の国のアリス』も『竹取物語』も、ヨモギにとっては似てないってことか！」

「解せない……」

暗に、普通じゃない方に分類されてしまったヨモギは、ちょっと頬《ほお》を膨らませる。

しかし、ここは二対一。ヨモギはそれ以上の抗議を諦《あきら》めた。

「因《ちな》みに、コバルトさんはどのような御用向きで……？」

亜門から紹介されたというが、見物にでも来たのだろうか。

しかし、ヨモギの問いに、コバルトは明瞭《めいりょう》な声で答えた。

「本屋に来たんだ。本を買いに来たに決まっているだろう！」

「ひえっ、これは失礼を！　いらっしゃいませ！」

ヨモギと千牧は、思わず背筋を伸ばす。しかし、コバルトははたと動きを止めた。

「いや、決まってはいないな。本屋に来てパーティーを開く者もいるかもしれない」

「そ、それは勘弁して欲しいですね……。他のお客さんのためにも……」

ヨモギの口から、切実な想《おも》いが漏れる。一方、コバルトはぐるりと店内を見回した。

「幸い、今は客がいない」

「だからって、パーティーはやめて下さいね⁉」

今にもパーティーを開きそうなコバルトに、ヨモギは釘《くぎ》を刺す。

「何故《なぜ》だ」

「何故って……。今はお客さんがいませんけど、お客さんが来た時にビックリされちゃうからですよ」

「心配は無用！　ビックリされついでに、パーティーに誘えばいいじゃないか！」

コバルトは、両手を広げて高らかに叫んだ。千牧もつられるように、「アオーン」と遠《とお》吠《ほ》えをする。

「楽しそうじゃないか、ヨモギ！　パーティーやろうぜ！」

「僕達、仕事中だからね⁉」

目を剝くヨモギに、千牧は「そっか。そうだよな」と素直に引き下がった。ヨモギは、深々と溜息《ためいき》を吐《つ》く。

すっかり、コバルトのペースに吞《の》まれている。

「なんて賑《にぎ》やかなひとなんだ……。亜門さんとは大違いだ」

「当たり前だ！　俺とアモンは異なる存在だからな！」

呟《つぶや》きを耳聡《みみざと》く拾って、コバルトは胸を張った。ヨモギは既に、お客さんを二十人くらい一度に相手にしているような気分になっている。

それにしても、異なる存在と言っても、具体的にはどんな存在なのか。

亜門は、古書好きのダンディな紳士だった。コバルトとは性格がそもそも違うが、存在が違うというのはどういうことだろう。亜門は、自分のことを魔法使いだと言っていたし、見た目よりも長寿のようだった。

コバルトも、その類《たぐい》なのだろうか。

「えっと、本を探しに来たんですよね」

「おお、そうだった。可愛い本はあるか？」

コバルトは、目を輝かせながら問う。

可愛い本。

ヨモギは頭の中で復唱して、あまりにも漠然とした要求に眉間を揉《も》んだ。

「可愛い本って、どんなやつだ？」

千牧は素直に尋ねた。ヨモギは、これぱかりは千牧に感謝した。

「君達が可愛いと思った本がいい」

コバルトは、答えになっていない答えをくれた。

「でも、可愛いっていう気持ちも、ひとによって違うのでは……」

ヨモギは、遠慮がちに言った。すると、「その通り！」とコバルトはヨモギに詰め寄る。

「ひいっ！」

ヨモギは、勢いに負けて後ずさりをした。

「『可愛い』は個人によって違う。正義と同じでな！　俺は君達の感性に触れたいんだ！」

コバルトは、可愛いと正義をさり気なくイコールで結ぶ。

コバルトの感性自体が独特だなと心の中で呟きながら、ヨモギは、ふと思い至った。このお問い合わせは、今まで受けたお問い合わせの中でも、かなり手強《てごわ》いのではないかと。

恋愛小説が読みたいというお問い合わせなら、お客さんの雰囲気や話から、相応しいものを選べばいい。

しかし、今回は違う。コバルトが可愛いと思うものではなく、ヨモギ達が可愛いと思うものを要求されていた。

「可愛い本？　俺、可愛いってよく分からないんだよな」

千牧は首を傾げる。そんな彼を、ヨモギは軽く小突いた。

「どうしたんだよ」

「多分これ、僕達の感性でコバルトさんを満足させなきゃいけないやつだよ」

ヨモギは、千牧にしか聞こえないような声で言う。

「帽子屋さんが好きそうな可愛い本を選べってやつか？」

千牧の問いに、「ううん」とヨモギは首を横に振った。

「コバルトさんが、僕達の感性で選びましたと言って持って来た時に、喜びそうなものを要求されているんだと思う」

「おおう？」

「つまり、その、ここからは予想なんだけど、コバルトさんは個性を大事にしたい人っぽいし、僕達の個性が活《い》かされているような可愛い本がいいのかも……」

話を噛《か》み砕くヨモギに、「成程！」と千牧は目を丸くした。

「じゃあ、ラクショーじゃないか」

「どうかなぁ。千牧君、可愛いってよく分からないって言ったでしょ」

「ああ」

「分からないもの、探せる？」

「はっ！」

千牧は、ようやく事の重大さに気付いたらしい。

可愛いものが好きだと思われる人向けの本ならば選べる。しかし、自分が可愛いと思う本となると、話は別だ。

ヨモギは、本を可愛いか可愛くないかという視点で見たことはない。恐らく、千牧も同じだろう。

そして、ヨモギもまた、千牧と同じで、自分なりの『可愛い』の定義があやふやだった。

ふたりは、困ったように顔を見合わせる。

果たして、『可愛い』とは何か、と――。

そうしているうちに、コバルトは店内を見回り始めた。内装を眺め、ＰＯＰを見て、

「ふむふむ」とひとりで頷いている。

「あの、お店に何か……」

ヨモギが恐る恐る問う。すると、コバルトは大袈裟に両手を広げた。

「味わい深い店だが、俺としてはもう少し可愛さが欲しいな！」

「ま、また、『可愛い』ですか……！」

最早《もはや》、可愛いという単語がトラウマになりそうだ。

「でも、このお店はお爺さんの思い出のお店ですし、下手に弄《いじ》るのはちょっと……」

「ふむ。思い出の店とは？」

コバルトの問いに、ヨモギはこれまでの経緯を当たり障りがない程度に話す。

「成程！　それで、君の健気な行いに繋がるということか！」

コバルトの中で、亜門から聞いた話と繋がったらしい。長い睫毛が生えた双眸《そうぼう》を見開いて、納得する。

「しかし、花を飾るくらいならば、主人の思い出を損ねないんじゃないか？」

「あっ、成程」

コバルト自身が派手過ぎるので、どんな恐ろしい改装を強いてくるのかと思ったが、提案は意外と真っ当だった。

「あー、確かに。花は可愛いもんな！」

千牧も合点が行ったようだ。コバルトは、嬉しそうに頷く。

「そう。店内を薔薇の花で埋め尽くせば、やって来た客もパーティーに交ざりたくなるような心地になるだろう」

「案の定、派手過ぎる改装だ⁉」

ヨモギは悲鳴じみた声をあげる。しかも、コバルトは店内でパーティーをやることを諦めていなかった。

「薔薇の花は、きつね堂っぽくないよなぁ」

恐れを知らない千牧は、コバルトに意見する。

「ふむ。それでは、この店らしい花を教えてくれたまえ」

コバルトは、真剣な顔で尋ねた。千牧は少し考えると、目をキラキラ輝かせながら提案する。

「菜の花！」

「なんで⁉」

ツッコミをしたのは、ヨモギだった。

「どうして、菜の花がいいと思ったの⁉」

「だって、美味《おい》しいだろ？」

千牧は疑問を持たぬ純粋な眼差《まなざ》しを返す。

「いや、美味しいし、薔薇よりはきつね堂っぽいけど……」

「な？　それにほら、可愛いし」

小さな黄色い花が寄り添い合っているのを思い描き、ヨモギもまた、「まあ、確かに……」と納得する。

「ふむふむ。君は、この店には菜の花が似合うと思っているのか。それじゃあ、狐の君は？」

　コバルトに話の矛先を向けられ、ヨモギは固まる。

「へっ、僕ですか？」

「俺達の案に対して、君なりの意見があるようだしな。さあ、遠慮せずに発言したまえ！」

「頼んだぜ、ヨモギ！」

　コバルトに便乗するように、千牧も囃《はや》し立てる。彼はどっちの味方なんだろうと思いつつ、ヨモギは思案した。

「うーん……。僕は、ツツジですかね。桃色や白の花が可愛らしいですし、春から初夏――つまりは、過ごしやすい時期に咲く花ですしね。ツツジがあるだけで、気分がワクワクするっていうか……」

「いいじゃん。あれ、花の蜜《みつ》も美味《うま》いよな」と千牧は同意する。

「飾ってもおやつにしないでね……？」

　さっきから、花に対する評価が味の良《よ》し悪《あ》しになっているので、ヨモギの胸に不安が過《よ》ぎる。

「結構、結構。可愛いが何たるか、分かっているじゃないか」

　コバルトの言葉に、ヨモギはハッとする。無意識のうちに、ヨモギは可愛いという言葉を使っていた。

「肩に力が入ると見えないものも、肩の力を抜けば見えてくることがある。考え過ぎず、直感を働かせた方がいいこともあるぞ」

コバルトの言うことが、ヨモギの胸に響く。

ヨモギは、コバルトに何を要求されているのかを先に考えてしまった。彼是《あれこれ》と深く考えず、無意識に任せれば良かったのかもしれない。

「俺、可愛いが何なのか、分かった気がするぜ！」

「うん、僕も」

たぶん、と付け足しながら、ヨモギは千牧に頷いた。

「えっと、少々お待ち下さいね」

「ああ。幾らでも待とう！」

コバルトは入り口で仁王立ちになる。

なぜその待ち方なのかとか、お客さんどころか通行人の注目の的になりそうだなと思いつつも、ヨモギは千牧とともに選書を始める。

「可愛いっていうのは何となく分かったけど、本を選ぶとなると別だよな……。菜の花が描《か》いてある本なんて、滅多にないし」

千牧は、平積みになった本の表紙をまじまじと見つめる。

「でも、花が可愛いっていうのは、何となく分かったよね」

ヨモギは、偶々《たまたま》目についた、美しい女性と綺麗《きれい》な花が描いてあるコミックスを手に取った。

「おっ、それは花が描いてあるし、可愛いんじゃないか？」

目を輝かせる千牧の前で、ヨモギは裏表紙に書かれたあらすじを見てみる。

どうやらその漫画は、恋愛ものらしい。しかし、主人公の女性が、仕事で残業ばかりの恋人と不仲になり、職場の先輩に浮気をしてしまうというものだった。

ヨモギと千牧は、思わず息を呑む。

「内容は、可愛くないと思う……」

「だな……。修羅場の予感がするぜ……」

花が描かれているから可愛い、という法則は、呆気なく崩れた。

「装丁だけじゃなくて、内容も大事だよね。やっぱり僕達、書店員だしさ」

主人公が浮気をする話を、可愛い本として勧めてはいけない。コバルトは寛大過ぎるか独特過ぎる感性の持ち主なので、それでも受け入れてくれるかもしれないが、大半のお客さんは、一般的な感性の持ち主だ。

「でも、どうして花を描くんだろうな」

千牧は首を傾げる。

「どうしてって、女性と花は親和性が高いからじゃないかな。花を好むのも、女の人の方が多い印象があるけど」

「女の人って、可愛いものが好きだしな。花は可愛いから女の人が好んで、可愛いものを好む女の人が中心になった話には花が描かれるのかな」

「全部がそうとも限らないけど、おおむね、合ってるかも」

「そうなると、やっぱり、可愛いものって女の人が好むところにあるんじゃないか？」

本の装丁は、ターゲット層によって決まる。

つまりは、手に取って欲しい人達の目に留まり、実際に手に取って貰えるように作られている。

それゆえに、千牧の理論は間違っていなかった。

「そうだね。僕達の『可愛い』は、一般的な『可愛い』とそれほどかけ離れていなそうだし」

そうなると、女性向けや女児向けの本に当たりをつけた方が、『可愛い』と感じることは多そうだ。

「おっ、これは『可愛い』じゃないか？」

千牧は、『オシャレ可愛い』と称したファッション誌を手に取る。表紙には、ふんわりした服をまとった若い女性の写真があった。

「タイトルからして、もう、『可愛い』だしね」

ヨモギも頷く。しかし、気になることがあった。

「内容はどう？」

「浮気モノじゃないぜ」

「ファッション誌だからそれはないだろうけど……。例えば、その女の人、可愛いと思った？」

ヨモギは、表紙の女性を見やる。一般的には、可愛い部類に入るのだろうが、今求められているのは、千牧が可愛いと思うものだった。

千牧は、「うーん」と表紙の女性を何秒か眺め、頭《かぶり》を振った。

「俺、もうちょっとふわっとした女の子の方が好きだな。この子、脚が折れそうで心配になっちまうぜ……」

「まあ、モデルさんだからね……」

千牧はどうやら、細身の女性よりも、ある程度肉付きがいい方が可愛いと思うらしい。

「あと、婆《ばあ》さんはもっと可愛い」

「えっ、ふわっとしてないけど⁉」

「いや、なんか丸いだろ、全体的に。目線も近いし、優しく撫《な》でてくれるし、一緒にお昼寝もしてくれるし、最高だよなぁ……」

千牧は、すっかり夢見心地だった。腰が曲がって背が丸くなったシルエットが好きで、背が縮んで近くなった目線と、あまり力が入らなくなった手と、よく眠るようになったところが好きらしい。

千牧のうっとりした表情を見ると、ヨモギもつい、お年を召した女性に魅力を感じてしまう。お向かいのお店のお婆さんに甘えてみたいなと思い始めたところで、ハッと我に返った。

「それだよ！」

「お婆さんか⁉」

唐突に声をあげたヨモギに、千牧はびくっと身体《からだ》を震わせる。

「あ、いや。千牧君の『可愛い』が見つかったと思って」

「成程、これか！」

「千牧君の話、凄《すご》く説得力があったからさ。コバルトさんが求めているのって、そういうエネルギーを感じられる選書じゃない？」

「じゃあ、俺は可愛い婆さんの本を探せばいいのか……！」

千牧は、己の『可愛い』が具体的になったことに衝撃を受けたらしい。ヨモギの目には、彼の背景に稲光が見えた。

「よし、この調子で『可愛い』を探そうぜ！　ヨモギは、どんな女の人が好きなんだ⁉」

「えっ、女の人の好みから考えるの？　僕は……う－ん」

ヨモギは、腕を組んで考え込む。そう言えば、今まで意識したことがなかった。

「兎内さんみたいに、はきはきした女の人はいいなって思うけど、『可愛い』とは違うしなぁ……」

しかも、好みというよりは好感が持てるというニュアンスに近い。異性としてよりも、個人の人格を好んでいた。

「まあ、ヨモギは他人がどうこうよりも、本人の存在自体が可愛いしな」

「えっ。僕が『可愛い』……？」

「いや、なんで意外そうな顔をしてるんだよ。可愛いだろ」

千牧は、あっけらかんとした顔をしている。

ヨモギくらいの外見年齢の男児が、可愛いと言われることは、何となく自覚していた。実際、お客さんから「可愛い」と言われたこともあった。

しかし、同僚に改まって言われると、何とも奇妙な気分になる。

「ヨモギはもう、『可愛いのは僕です』って手ぶらで行ってもいいんじゃないか？」

「許そう！」

千牧の提案に、間髪を容《い》れずにコバルトが叫ぶ。

「いやいや！　ちゃんと選書しますから！」

それは、ヨモギの書店員としてのプライドが許さなかった。

「うーん。『可愛い』……僕なりの『可愛い』……」

ヨモギは頭を抱えながら、女児向けの絵本が並べられた棚に赴く。

先《ま》ずは、『不思議の国のアリス』の背表紙が目に留まった。手に取って見てみると、表紙にはマッドハッター達とお茶会をしているアリスの姿があった。絵本のマッドハッターは、コバルトよりも遥《はる》かに控えめな服装だった。

(コバルトさんの存在がもう、嵐のようでパーティーのようだしな……)

立てば花輪、座ればパーティー、歩く姿は暴風である。

入り口で仁王立ちになっているコバルトは、既に通行人の注目の的になっていた。近所の大学に通う学生達が、足を止め、携帯端末を向けている。

「コバルトさん、撮られてますよ……」

ヨモギは、念のため、忠告をした。すると、コバルトはわざわざ振り返り、「ほら、後ろ姿ではなく、正面を撮りたまえ！」と高らかに叫んだ。

途端に、遠巻きにしていた人々もコバルトに携帯端末を向け、遠慮なしにカシャカシャと撮り始める。新たな通行人も、芸能人の撮影会だと思ったのか、カメラマンと化した人々の中に加わった。

「あわわわ。店の前に人だかりが……」

ヨモギは、血の気が引いていくのを感じる。

このままでは、通行人の迷惑になってしまう。カメラマンが店の前を完全に塞ぐ前に、選書を終わらせてしまわなくては。

千牧の方は、「すごい人気だなー」とマイペースな感想を述べつつ、既に選書を終えていた。手にしていたのは小説で、カバーイラストには、優しそうなお婆さんと秋田犬が描かれている。

ほのぼの系の感動小説だろうか。いい選書だな、とヨモギは思った。

「おっ、ヨモギは『不思議の国のアリス』か。やっぱり、手堅いよな」

ヨモギの視線に気付いた千牧は、ヨモギが手にした本を眺めて、歯を見せて笑った。

「いや、コバルトさんにアリスはベタ過ぎるよ。それに、僕がピンと来たわけでもないから……」

「そうか？」

千牧は、不思議そうに首を傾げる。

「でも、さっき、真剣な眼差しでその表紙を見てたぜ？」

「それは、考え事をしていたからかな……」

「ふーん。俺には、目が離せないように見えたけどな」

言われてみれば、ヨモギは何故か、手にした『不思議の国のアリス』を棚に戻せなかった。

無意識のうちに惹かれるものがあるのだろうか。だが、アリスのワンピースは可愛らしいが、後ろ髪を引《ひ》かれるほどではない。

マッドハッターの衣装も、コバルトを見た後だと地味としか言えないし、三月ウサギもいるが、今気付いたくらいだし……。

「あっ……」

ヨモギは、表紙に描かれたキャラクターをチェックしてから、必ず、或《あ》る場所に視線が戻っていることに気付いた。千牧もそれに気付いたようで、ニヤニヤと笑いながら、ヨモギを軽く小突く。

「なんだよ。テーブルに置かれたお菓子ばっかり見てさ」

お茶会の席には、クッキーやケーキ、スコーンなどが豪勢に飾られていた。ヨモギはついつい、それに注目していたのだ。

「可愛くて美味しそうだなって思って……」

菜の花が食べられることを評価していた千牧を笑えない。ヨモギは、恥ずかしそうに俯《うつむ》きながら、言い訳がましく答えた。

「成程な。ヨモギは、お菓子を可愛いと思うんだな」

「そうかも……。実際に、お菓子は好きだし……」

白狐《びゃっこ》の像として祠《ほこら》を守っていた時も、お稲荷さんにお供えされた落雁《らくがん》に心惹かれたことを思い出す。淡い黄色の菊の花に成形された落雁は、愛らしくも美味しそうだった。

ヨモギは、そっと『不思議の国のアリス』を棚に戻す。その代わりに、料理本の棚から、スイーツレシピを扱った本を取り出した。

「僕の『可愛い』は、きっとこれなんだ……」

表紙には、愛らしいアイシングクッキーが描かれている。中をパラパラと捲《めく》ると、ファンシーなお菓子を簡単に作る方法が紹介されていた。

「美味そうじゃん！」

千牧は、尻尾《しっぽ》を振らんばかりに喜ぶ。

「美味しそうだよね。可愛いし」

ヨモギもまた、深く頷いた。

ヨモギの手の中に、その本はしっくり来ていた。ヨモギ自身も、その本に載っているお菓子を食べてみたいと思ったし、色や形を楽しみたいとも思っていた。

「おお！　決まったか！」

ふたりが本を持って行くと、通行人に囲まれたコバルトは嬉しそうに受け取った。

「ふむふむ。これが君達の『可愛い』というわけだな。俺はこれを購入して、屋敷でゆっくりと読ませて貰おう」

「お買い上げ、有り難う御座います！」

ヨモギにとって、売り上げになったことも嬉しかったが、コバルトに認められたことも嬉しかった。

ヨモギは本に挟まれたスリップを取って、千牧が二冊の本を紙袋に入れる。ヨモギに代金を告げられ、コバルトはハッとして顔を覆った。

「そうだった。日本円が必要だったな。俺としたことが、失念していた……」

「えっ、まさか、お金を持っていないとか……」

「生憎《あいにく》と、この国の金銭の持ち合わせがないんだ。これならば、あるんだが」

コバルトは、懐から黄金に輝く粒を取り出す。

「金の粒だ！」

ヨモギと千牧は、目をひん剝いた。

「すげー、金だ……。金箔《きんぱく》は見たことがあったけど、塊は初めて見た！」

「そうだ。これは純金だ。金は、この国でも価値があったな。本と引き換えに、くれてやろう！」

コバルトは、暗に釣りは要らない宣言をする。ヨモギがざっと見たところ、五グラムほどはありそうな大きな粒だ。本二冊よりも、遥かに価値がある。

「いやいやいや、こんなの受け取れませんよ！」

「じ、爺さんに聞いて来ようぜ！」

ヨモギと同じく、金の価値を知っている千牧は、店主であるお爺さんを呼んだ。これはもう、居候書店員では判断出来ないことだった。

その後、千牧が連れて来たお爺さんに事情を説明すると、お爺さんはとても驚いたが、コバルトが熱心に強引に頼み込んだのもあり、金の粒での支払いを許可した。

支払いを済ませたコバルトは、二冊の本を抱えて、「また来るぞ、本の番人達よ！」と意気揚々と去って行く。お爺さんは笑顔で、ヨモギと千牧は、疲労感から些《いささ》か虚《うつ》ろな目で、彼の背中を見送った。

「長い間、店をやっていると、不思議なお客さんが来るもんだ……。金の粒を下さるなんて、あの方は福の神様かもしれないな」

お爺さんは、金の粒を手にして有り難そうにコバルトが去って行った方を拝むと、「お前達、応対してくれて有り難うな」と笑顔で奥に引っ込んでいった。どうやら、金の粒は換金せずに、仏壇に飾るらしい。

「福の神……だったのかな」

「嵐の神っていうなら、納得するぜ」

ヨモギと千牧は、コバルトが去ったことに安堵《あんど》するように息を吐く。

「嵐の神様なら、きっと、豊穣《ほうじょう》神だ」

雷は『稲妻』と書くように、実りと嵐は一セットだ。そう考えると、コバルトの相手は悪くないひと時だったのかもしれない。

ヨモギの顔から、自然と笑みが零《こぼ》れる。コバルトのお陰《かげ》で、千牧の新たな面も見られたし、自分の無自覚だった一面にも出会えた。

心の中に新たなものが芽生えたのを感じながら、ヨモギは千牧とともに、店の中に戻ったのであった。

本書はハルキ文庫の書き下ろし作品です。

ハルキ文庫

あ 26-11

稲荷書店《いなりしょてん》きつね堂《どう》 神田《かんだ》の面影巡《おもかげめぐ》り

著者 蒼月海里《あおつきかいり》

2020年 9月18日第一刷発行

発行者 角川春樹

発行所 株式会社角川春樹事務所
〒102-0074 東京都千代田区九段南2-1-30 イタリア文化会館

電話 03(3263)5247(編集)
03(3263)5881(営業)

印刷・製本 中央精版印刷株式会社

フォーマット・デザイン 芦澤泰偉
表紙イラストレーション 門坂 流

ISBN978-4-7584-4359-3 C0193 ©2020 Aotsuki Kairi Printed in Japan
http://www.kadokawaharuki.co.jp/[営業]
fanmail@kadokawaharuki.co.jp[編集] ご意見・ご感想をお寄せください。